林泉小品

李修平 著

云南美术出版社

图书在版编目（CIP）数据

林泉小品 / 李修平著 . -- 昆明：云南美术出版社，2024.4

ISBN 978-7-5489-5676-1

Ⅰ . ①林… Ⅱ . ①李… Ⅲ . ①散文集－中国－当代 Ⅳ . ① I267

中国国家版本馆 CIP 数据核字 (2024) 第 090721 号

责任编辑：赵昇宝
责任校对：方　帆　温德辉
装帧设计：书点文化

林泉小品

李修平　著

出版发行：云南美术出版社（昆明市环城西路 609 号）
印　　装：四川科德彩色数码科技有限公司
开　　本：797mm×1092mm　1/16
印　　张：22.25
版　　次：2024 年 4 月第 1 版
印　　次：2024 年 4 月第 1 次印刷
书　　号：ISBN 978-7-5489-5676-1
定　　价：89.00 元

《林泉小品》提要

这是一部小品文集,作者几十年从风霜雨雪中拼杀过来,最后定格为两个字:清欢。

浓浓的茶,喝到最后就是清淡,清淡的人,清淡的生活,在清淡的日子里写清淡的小品文章。人间有味是清欢。

全书所收100余篇精短小品,平均在800字左右,最短不足百字,抒写生命理曲,描摹世态人情,以小见大,彰显语言灵动。抒写性灵,不拘格套。文小旨大,雅俗共赏。大到家国情怀,人生领悟,小到花木虫石,含括游记、笔记、书信、序跋、铭赋、日记等体裁,短小灵动,简练隽永,议论、抒情、叙事多重手法并用,又偏重于即兴抒写零碎的感想、片断的见闻和点滴的体会,轻盈自由,或轻松一笑,或扼腕叹息,或作哲人深思,都在片刻之间,无不给人一种阅读的快乐,精神愉悦的享受。

/序/

精彩人生的真诚书写
——李修平《林泉小品》读后

王伟举

与王伟举（左）在湖北集体经济强村林川采访，2000年春留影

在襄阳文学圈，李修平是一个另类。

李修平展示给襄阳文学圈的是一种超然世外的洒脱。你很少见

他与人争执，也从来听不到他议论圈子里的是是非非。他几乎与每个人都保持着不远不近的关系。感觉他与每个人都是朋友，但并不见与谁格外亲密，也没让人感觉与谁生分。

而在文学写作上，李修平不同于我们这些靠着文字吃粮的所谓"职业选手"。他在小说、散文、纪实、随笔等方面均有涉猎。小说、散文已经出过好几部集子了，虽无振聋发聩轰动之作，但能够加入中国作家协会就是文学界对他写作水平的认可。

我与李修平的相识，是一次工作中的偶然，那是35年前（1987年），我在市文联《汉水》杂志当编辑，一天我随意翻弄一堆准备寄还作者的退稿，发现一本装订整齐的方格稿纸，看着蓝色的钢笔字在红色方格中工整而清秀，不由拿起来翻了翻，没想看了几句就被里面的文字吸引住了，首先是抓人眼球的题目"猎人的后代"，几行看过就再也放不下来。认真看完全文之后，我在初选意见笺上郑重写下对小说的看法，请编辑部各位传阅。编辑部高度一致地给予了很高的评价，认为这是一篇本地区多年来少见的有山区特点和生活厚度的小说。

经我提议，《猎人的后代》以头题位置发在了有国内统一刊号的最后一期《汉水》（1987年第6期）上，李修平这个名字也引起了襄阳文学圈的关注。这意味着我无意中成为李修平走上文学之路最早的推手。看这篇小说时，公文稿纸下面显示他在保康县教委工作，再后来他就调到了县委机关，并且以他的工作热情和便利将保康县的文学爱好者聚合起来，打出了"文学山林支队"的旗帜，那个时期这支"山林支队"在襄阳独树一帜。以后我与他就是作者与编辑的联系了。1999年襄阳市委要推尧治河村这个艰苦奋斗的典型，责成保康县组织力量总结宣传，县委书记把这任务交给了李修平。他自己感觉这责任太大，加之彼时他正在深圳编印《中国保康·画册》，就把这事托给了我。写典型真的是苦差事，不像小说散文，自己说了算。在他之前市委组织部的朋友曾经为此事邀请过我被我婉拒了。但修平态度诚恳，说我出马就算是给他私人帮忙，这就不好推辞了。

现在想想修平也算是知人善用，他读过我写湖北省优秀基层党组织九里川的报告文学，感觉请我写把握最大。这其实也算给我提供了一个机会，1989年我曾因写九里川报告文学轰动了好一阵，十年后写尧治河的这篇《超越神话》又帮我火了一把。《襄樊日报》以三个版面将28000字全文发表。报社的毕副总给我寄500元稿费，说是《襄樊日报》有史以来最长的文章，最高的稿费。这篇报告文学得到各方认可，尤其是得到尧治河村书记孙开林的肯定。孙书记在研讨会上发言说采访他的大报记者不少，一来就围着他转几天，结果回去写个"豆腐块子"。王作家在村里等了四天，只与他谈了半天，都是自己到处走到处看，找到村民家里谈，一家伙写出这样一块大文章。说我真正写出了尧治河人的精神，村民们都爱看。他买了几百份报纸给每户发了一份。后来保康编各样的书，几乎每次都收编了这篇文章。再后来我又深入到保康的两个先进村中坪和堰垭，写了《汾清河的儿女》和《百鸟为什么朝凤》两个长篇，这是因为尧治河影响力带来的延伸效应。并且也是他从中力荐，所以我与修平之间是那种超出寻常人情的朋友。不是吗？没有半点私交，完全是工作使然，却有了很好的效果，得到了组织认可，赢得了社会声誉。

算起来我与李修平相识35年了，但这漫长的时空里我们没有任何私事的托付，没有任何利益的关联，交往也是时断时续，有时两年都无联系，有机缘遇见拉拉手交流一番，没事便不打扰。这是一种纯君子式的交往。即使十年不见，却仿佛从未走远。再后来他女儿与我女儿同在一个城市工作，无形中彼此感觉近了许多。我想这些丝丝缕缕也许是修平请我为这部集子作序的原因吧。

这本《林泉小品》里所收的文章我全都认真看过，发现一些笔误、错漏都随时与作者作了沟通，也随手补充、更正了一些作者不清楚的人或事的资料。严格地说，这个集子不能算是一部纯粹的文学作品，这与作者曾经发表和出版的那些小说散文集子有较明显的不同。我觉得将其视为一种日记体的随笔倒更为贴切，因为就内容而言，虽然作者分了很多小辑，但总体看就是他整个人生的记录——成长、工作、亲情、友情、爱情、写读心得、旅行履痕、官场感悟，等等，可能这正是作者出版这本集子的价值所在。从人生意义而言，这本《林泉小品》或许比一本精美的散文集更值得品读。

这本集子的意义在于忠实记录自己的人生轨迹，坦然、真切而诚实。出生时寄人篱下的桐树坡茅屋，换成瓦屋后的枣树坡村居，初入教职时的深山古庙，都有很强的代入感，屋边的溪泉、竹林、蜡梅、兰草，一景一物都饱含深情。记得曾在《襄樊日报》上读到过他写的小散文《梅香泉三章》，当时就想，这李修平的老屋怎么像仙境？后来我在保康采访写作时有机会去了一趟他的老屋，凳子没坐热就急问他梅香泉在哪，他把我领到屋后山崖边上，指着一股不起眼的山泉说，这就是。那股泉水很小，小得甚至没有形成一条沟，不用心看就会被忽略。他见我有些失望，就解释说这旁边崖下有蜡梅，林中有兰草，水是岩缝里渗出来的，汇集成泉，虽然小，却从未断流。到腊月蜡梅一开，这屋场四周一两里都是梅香，就自己给它起了梅香泉这名字。从那时我就感觉李修平比我有情调，这样一条不起眼的水沟经他一命名，便让这水有了诗意，山间常见的老屋场也有了品位。

而集子中对父亲、母亲感情的描写是写得最动人的部分。例如写母亲为了做一碗他最喜欢吃的荞麦饭，从荞麦米粒中摘谷壳的情景——

母亲把筛子平放在双腿上，一只手捏着父亲不小心打碎了的老花眼镜残片，紧贴在左边的眼睛上，来回在荞麦米里寻找着。

荞麦米里还残留着一些荞麦壳，她要一点一点地把它们挑出来。……她是那样地专注，那样地执着，为的就是让我吃到一碗没有半点荞麦壳的荞麦米干饭。

而写父亲由精明强干变得木讷呆滞甚至不能自理的退化过程，则让我们这些进入老年的人读出一种人生的无奈与悲凉。他还写到舅父、大姑（也是岳母）这些至亲，也都情真意切。这些朴素的文字，读起来却常常让人动容。

这集子最难能可贵的是他写出了人生各阶段的真实经历。从这个意义上说，这个集子最大的价值就是敢于直面生活的真诚，无论失意、得意、顺境或逆境，都视为宝贵的人生体验。比如他写花前月下的约会，文笔细腻，情意绵绵，意境深远，不得不说，这是整个集子中写得最好的一篇，在溪水与小桥边徜徉，静坐在粗壮的紫薇树下，相互倾诉、倾听对方的心语。这是人生最珍贵的记忆，最幸福的时光，也或许就是他的真切体验。前面说到过他的坦然，读过这篇便觉得要用坦荡这个词了。他有勇气要把这种甜蜜与读者分享，不是一般的写作者能够做到的。他的这种文字我不是第一次读到，在他第一本散文集《雨夜梦想》中也有过一篇。那篇写得更真实。我当时还为他担了一分心，怕他因此招来非议。然而多少年过去了，他依然岁月静好。

至于那些旅途中的记录，我没有话想说，因为他似乎有意保持写这些文字时的原始状况，当时来不及用心构思甚至不事修饰，随手用最简单的文字匆匆写下经过，事后也未再加工润色。留存生活的原貌，记下当时的心情，这也是一种特色，别人读时会更有兴味，自己再读也会感觉更真切。至于那些关于名人的短文，如悼念余光中、金庸、严文井、陈晓旭等，便觉得太过浅显，给人以虚应故事，附庸风雅之感。即使写陈文道、杨维汉这些老友，感情也没有《姑妈如母》那篇写得投入。或许会给集子带来良莠不齐的印象。如果要在这集子里找一个高度，愚见当数《在母亲灵前的人生反思》。在这篇自省自新的文章里，作者对自己灵魂的拷问尖锐而犀利。在母亲灵前，他从名利场的争斗中清醒，对自己进行无情的解剖——

> 我平时与那么多人攀比，以许多伟人作楷模，而我恰恰忘记了自己的父母。……此前，我欲壑难平，满腹的恩怨，不满，怨天尤人。母亲用她的死，用最后的生命化解了我心中的怨仇。……我会更加珍惜人世间那种叫情的东西，包括亲情、友情、恋情、师生情、同学情、同事情——我珍惜所有曾经的拥有……

这段文字让徘徊在官场与文场之间的李修平更令人尊重与敬佩。敢于如此深刻反思自己，让我想起法国著名哲学家卢梭。他在《忏悔录》的扉页上有一段文字，大意是"永恒的上帝啊，我把我做过的、想过的、所有的恶行全都说出来，我看这个世界上有谁敢说——我比这个人好"。卢梭的坦荡我认为天下再无第二人。而李修平似乎要学卢梭，至少他心里这样想过。他的这种坦荡并不影响他的形象。他热爱生活，阅历丰富，在文学以外的世界里，另有着广泛的爱好。他与蜡梅为伴、与茶为友。喜读书，以开朗的性格、高雅的情趣、惊人的坦诚，书写了自己的精彩人生。

2022 年 4 月于上海

（作者系中国作家协会会员，小说、报告文学作家）

钟爱一种文体的阅读快感
——我为什么欢喜小品文

李修平

出世需淡泊，入世则要情趣，过日子则需要一种闲适的心态。推窗是红尘滚滚，人间烟火；闭门即是山水林泉，月照苔花。

身处一种无风无雨、云山雾罩、远离尘嚣的心灵状态，就可以把日子过成理想中神仙那般自在逍遥。

总在那些云淡风轻的时光，总在夜深人静的枕边，泡一壶西湖龙井，潜入江南春深处，读一卷诗书，敬畏地坐在古代雅致高士的对面，屏气聆听。

茶香缕缕飘绕，神思翩跹飞跃。

大雪三日的明代，我走进张岱的西湖，陪先生在湖心亭看雪。雾凇沆砀，天与云与山与水，上下一白，湖上影子，唯长堤一痕、湖心亭一点，与余舟一芥、舟中人两三粒而已。透过眼前的意境，穿越时空，飘飘又入唐朝柳宗元的小石潭，坐在潭边，四下里竹林和树木包围着，寂静悠远，看不到世俗烟火，心灵安详。潭中鱼儿，皆若空游无所依，影布石上，佁然不动，俶尔远逝，往来翕忽，似与游者相乐。心神凄凉，寒气透骨，幽深纯净的天地间，万籁俱寂。

这高远的境界，我沉醉不醒。

回到人世间，走进鲁迅的百草园和三味书屋，在先生的后院，欣赏墙边的两株树，一株是枣树，还有一株也是枣树，树下，漫不经心地阅读先生的野草；月光下，呈现出朱自清的荷塘月色，恍惚间，父亲的背影匆匆走过；从民国走回当下，在余秋雨的阳关雪里，看到贾平凹的丑石。它补过天，在天上发过热，闪过光，它给了我们光明、向往、憧憬。

世俗人间原是这般美好。

行万里路早已超过，读万卷书还不够。平生最爱走的路是读书写作的文人之路，最爱阅读的文章是精致短章小品文。中国小品文源远流长，从春秋到当下，名篇佳作，浩如烟海。能读到的，当读，一时不能读的，就收藏。

枕边诗书，伴我入睡多是小品文，像《归田赋》《兰亭集序》《五柳先生传》《春夜宴桃李园序》《陋室铭》《岳阳楼记》《醉翁亭记》《项脊轩志》《爱莲说》《湖心亭看雪》《尘外遐举笺》《小窗幽记》《幽梦影》《闲情偶寄》《雅舍小品》《生活的艺术》……每天诵读一至二则，就觉口舌生香，目清神爽。

这与我的审美观和人生意趣高度契合。

一书，一茶，一泉，一梅，一世界；养花，种兰，赏石，观鸟，皆知己。小品文就这样走进我的世界，成为我的知己。

短小灵活，简练隽永，议论、抒情、叙述多重并用，又偏重于即兴抒写零碎的感想、片断的见闻和点滴的体会，轻便自由，平实精致，文字优美，意境深远，这样的文章好读，轻松，不累。

一般来说，那些形式活泼、内容多样、篇幅短小的杂感文字都属于小品文的范畴。它夹叙夹议地讲一些道理、生动精练地叙述一件事情，题材宽泛，不拘一格，无论家国情怀，草木虫鱼，信手拈来，深入浅出，言近旨远，讲究情趣，往往有幽默感和警醒力量。是我的真爱。

小品文源远流长，明代是小品文的成熟期。

明清时期的文人生活闲适，往往用这种篇幅短小的艺术性散文，寄情言志，表达个人性情、生活情趣。到了晚清民国时期，小品文被鲁迅、林语堂、梁实秋、周作人推向了高峰。林语堂推崇晚明小品文，提倡闲适小品文，把小品文视为个人独抒性灵、消闲自娱的形式。鲁迅则强调小品文的现实性和审美愉悦感的统一，倡导生活速写、讽刺小品文，以小品文当匕首和投枪，显现其战斗性。当代小品文承接小品文的文化传统，文风活泼，文体多样，关注当代生活，关注当代中国，关注人性理趣，小品文风再度兴盛。贾平凹、余秋雨、马未都、白落梅都是小品文写作的翘楚。

小品文总是给我带来阅读的快感，而动笔撰写小品文又让我心情愉悦，如蚕吐丝，拈花含笑，随手便来，虽说是一时灵动，片刻观感，却如精灵的闪电，被我聚焦于霎时。

我平时有一个记日记的习惯，从 16 岁开始，留下的记录数以万计，可以算得上小品文的文字多达上千篇。于闲暇之时，翻黄卷，读旧作，往事如烟，铭记在笔底的每一段岁月，曾经拥有过的每一段人情世故，都是最好的时光；弱柳扶风，娇花照水，一花一木，都是喜欢的模样；过往云烟，草木茶食，人情风味，都是内心的风景。

沉历于往昔，生活的点点滴滴，一一呈现眼前。

何曾想，人生还有如此丰富的经历，脑海还有这么经典的思想。何其珍贵，难得！

回味生命文字，或俯首一叹，或仰天一笑，或欢愉自信，或惋惜追悔，都是欣慰，尽在不言之中。

遂取精良，无论优劣，但求自爱，终成《林泉小品》一卷。

文友中，懂我者伟举，高山流水，精读全部，付诸于锦绣文章，高调为序；生活中，懂我者阿英，她用一生的付出，成就了我的嗜好情致，凡我笔墨文字，她是第一读者。

谨以此书献给我的昌英和亲人们。

山高水长，诗与远方，有林泉一方，柴庐一栋，人生自存高趣！

2024年4月于襄阳

目录

第一辑　乡愁如烟

家的概念 …………………………………… 003

祖居印象 …………………………………… 006

小村记 ……………………………………… 010

梅香泉记 …………………………………… 013

蜡梅看我亦如是 …………………………… 016

林泉隐者 …………………………………… 017

南垭，生长爱情的地方 …………………… 020

塲里人家 …………………………………… 025

母亲做的荞麦饭 …………………………… 028

家乡荞麦花似海 …………………………… 030

老家的那棵枣树 …………………………… 032

十七岁的那个山村之夜 …………………… 035

老鹰猎物记 ………………………………… 038

老家的年夜 …………………………………… 040

在山村过年 …………………………………… 043

母亲七十二寿诞 ……………………………… 046

回家过年遇险记 ……………………………… 048

最后一次回老家过年 ………………………… 051

那一泓清冽的梅香泉呢？ …………………… 053

老屋啊，我将泣别 …………………………… 055

父亲看故居的最后那一眼 …………………… 058

鸟缘 …………………………………………… 063

观猫戏鼠 ……………………………………… 065

祖坟山上的古树被人锯了 …………………… 067

上坟记 ………………………………………… 069

在历史的废墟上凭吊 ………………………… 071

家乡情怀天可知 ……………………………… 074

官山度假村 …………………………………… 076

紫薇林记 ……………………………………… 078

紫薇广场记 …………………………………… 080

黄龙洞记 ……………………………………… 082

王龙沟记 ……………………………………… 085

第二辑　追思如酒

好想再叫一声伯伯 ·········· 089
在母亲灵前的人生反思 ·········· 091
母亲头七祭 ·········· 093
为母亲治疗白内障 ·········· 095
面对老父亲，好沉重 ·········· 097
哭斯人　思父亲 ·········· 100
哭祖母 ·········· 104
大姑如母 ·········· 106
哭舅父 ·········· 112
悼大师余光中 ·········· 114
悼金庸以及那些可爱可敬的人 ·········· 116
2014年，这个世界失去的…… ·········· 118
悼文井老 ·········· 120
悼文道兄 ·········· 122
维汉兄，走好 ·········· 124
悼陈晓旭 ·········· 127
天堂里的父母 ·········· 129
永远活在心中的岳父岳母 ·········· 131

第三辑　岁月如歌

记梦（14则） …………………………………… 135

品茶（4则） ……………………………………… 143

处女湖 …………………………………………… 147

望星空 …………………………………………… 149

尧治河的月夜 …………………………………… 152

在九路寨的木屋看一轮山月 …………………… 155

楚韵亭赋 ………………………………………… 158

窗前秋意浓 ……………………………………… 159

快乐铭 …………………………………………… 161

轻轻地我走了 …………………………………… 162

清溪河的夜晚 …………………………………… 163

蜡梅的品格 ……………………………………… 165

香樟说 …………………………………………… 168

崖柏说 …………………………………………… 169

菖蒲说 …………………………………………… 171

红叶赋 …………………………………………… 173

这个雨夜让我想到了很多事 …………………… 175

远古的风 ………………………………………… 178

书香	179
她希望读我阅读过批注过的书	182
记得，就够了	184
青春万岁	185
董卿主持的经典节目	187
托翁的夙愿	189
重读《围城》新悟	191
读了一本深情的书	193
彭学明的《娘》	194
读南山如济《岭上多白云》	195
宗卫《一个人的漂泊》的后记让我很感慨	196
我的修养要则	198
西藏，我来了	200
触摸香港	202
匆匆深圳	204
草原之夜	206
新疆一瞥	208
游洛阳	211
鹿门山纪行	213
雨林印象	216

神农架自驾游 …………………………………… 218

风雪归人 ……………………………………… 221

第四辑　生命如花

新年试笔说健康 ………………………………… 225

写作的那点事儿 ………………………………… 228

诤言逆耳 ………………………………………… 230

只留清气满乾坤 ………………………………… 233

情真意切一幅字 ………………………………… 237

与江孝龙先生唱和 ……………………………… 241

与大家相聚 ……………………………………… 243

李修平散文研讨会 ……………………………… 245

感谢责任编辑何子英 …………………………… 247

与《蓝盾》编辑一席谈 ………………………… 250

母爱入微动天地 ………………………………… 252

结婚十四周年有感 ……………………………… 254

山沟里的生日歌 ………………………………… 256

素面朝天 ………………………………………… 258

生日有感 ………………………………… 260
在长女婚礼上的致辞 …………………… 262
小女做母亲了 …………………………… 265
为美不惜挨一刀 ………………………… 270
面对突如其来的灾难 …………………… 273
你若不伤，岁月无恙 …………………… 276
幸福的中秋 ……………………………… 277
温暖的短信留言 ………………………… 279
我的博客时代 …………………………… 281
自题小照 ………………………………… 283
我的自画像 ……………………………… 286
岁月不敌师生情 ………………………… 290
去留一念间 ……………………………… 291
怀念QQ群 ……………………………… 293
耄耋之年怎么办 ………………………… 294
日记就是我的人生 ……………………… 295
值得感谢的六种人 ……………………… 297

第五辑　浮生若梦

要放下 …… 301

人生看开最崇高 …… 303

从心所欲不逾矩 …… 305

在幼儿园门前的观感 …… 306

面对大雪的悟与思 …… 307

勿为情动，免为情伤 …… 308

由过往的朋友新想到的 …… 310

看世界杯，想人生 …… 312

慎心冲关 …… 314

好好写文章，别的都放下 …… 315

跟着太阳走 …… 319

2023 年，最想做的事情 …… 323

第一辑

乡愁如烟

/ 第一辑　乡愁如烟 /

家的概念

月夜，我从梦中醒来，山村静谧。

我悄然起床，推开木窗。风景依然。

一束月光从秦蔡垭的空山照进窗内。

朦胧着我二十年前新婚卧室的全部。

一九八一年农历腊月初三与妻子高昌英结婚时留下的唯一的照片

房间里没有什么特别的东西，几件老旧家具，一幅几乎被虫蛀得面目全非的结婚照镜框，还有熟睡的妻和两个女儿。

妻甜甜地安睡，一头浓发瀑布般盖着枕头，一只胳膊伸出被外。蜜月的情景又在眼前闪现。

风雨人生路，二十年的两人世界，在两个女儿熟睡的脸蛋上，记录着我们爱情的全部真实。

家的全部意义都是从这张婚床开始的。

妻醒了，看到我一副痴痴的神态，又有了初婚的羞涩。

时光倒流到二十年前，妻就是这副神态。

那时我们几乎是一贫如洗啊，日子过得从容而恬静。

现在的我还是二十年前那个面对自己的新娘竟然心慌意乱、不知所措的我吗？

我把目光投向孩子。她们都在这间屋里出生，但也仅仅只是出生而已，然后就永远地告别了她们的出生地。

我们从这里起步，一起奋斗，一起为理想奔跑。

孩子是我们爱情的结晶与升华，延续着上一代与下一代的梦想。她们是幸福的。但是她们再也不可能有我们这一代人清贫而丰富的生活经历了。她们回到乡村仅仅是为了度假，而我们则要重温曾经拥有过的甜蜜、纯洁与清贫，找回流失的乡愁。

面对二十年前的简陋朴素的洞房，我一时心潮起伏、百感交集。时光飞逝，岁月已经无情地改写了一切。

看到二十年前的新房以及卧室外的这栋农家小院，我突然想到了家的概念。

/ 第一辑　乡愁如烟 /

什么是家呢？

家就是妻、孩子与逐渐年老的父母。

就是老屋、婚床、竹篱、花果树与相映成趣的鸡鸭猫狗啊。

就是不老的家山。

就是长流不息的白沙河与梅香泉！

2001年5月20日于梅香泉

1994年春与妻子（右2）及长女婷婷（右1）、次女超超（左1）摄于保康蜡梅公园

/ 林泉小品 /

祖居印象

祖居桐树坡。

桐树坡并没有桐树,位于白沙河通往高岭塮里的半山,荒无人烟,四周基本上都是杂树野草,成林的树木只有花栎树。

1937年春季,祖父祖母从白沙河租借的农户中选中这片山林,开荒拓土,始建茅庐三间,后来父亲又在正屋背后加盖了三小间转堂,在正屋靠右加了半间偏厦。

茅庐用花栎木杆垛成,缝隙间用泥土加上麦糠和成泥浆,勾了缝,屋上盖上山茅草,用一种最稀有的猴茅草压脊梁。

茅草里藏老鼠,老鼠有天敌,是蛇,就引来了一对青蛇,是无毒的那种蛇。山雀也在里面做窝,生儿育女。

茅庐冬天很温暖,厚厚的雪压在茅草上,动物们都藏起来了。夏季就有些不舒服,潮湿,各种昆虫大显身手。

最怕雨天,外面大下,屋里小下,外面不下,屋里还在下。

家具特别简陋,家徒四壁,农具倒是一应俱全。

房前屋后开垦了十几亩薄地。屋后种瓜种豆,屋前种庄稼。林间种有多种药材。冬天砍下花栎树,放上两年,雨季一来,就可以结木耳。那是主要的经济来源,卖了钱,买盐,扯布。

屋基原是山坡,砌了高坎,填成坪埫,就成了屋基。

图为桐树坡,但那间房子已不是我出生时的茅庐了

门前建有猪栏、鸡圈、羊栏,养有猪、鸡、狗、猫、羊。六畜兴旺,就差牛。粗缯大布裹生涯,衣食基本无忧。

祖父勤劳,在茅屋的右角栽了一棵核桃树,核桃可以储存到过年。左角一株杨树,一株木槿,是风景。四边陆续栽了柿子树、桃树、石榴、板栗,菜园里有黄瓜、红薯,瓜果不愁。宁可食无肉,不可居无竹,祖父不会知道郑板桥,他却栽植了桂竹、水竹、金竹,成为茂密的竹园。夏挖笋,冬天竹鸡觅食,雪压青竹。

/ 林泉小品 /

  一株千年树龄的黄连树是祖父开发时有意留下的，青藤、红藤依附而生，树丫里喜鹊筑巢，每天喳喳欢叫。

  桐树坡缺水，半公里处有一股山泉，在飞泉流下的地方开挖成了一口老水井，蓄水。家里备有水缸，每天轮流挑水饮用。

  几间简易的风雨茅庐，供一家九口安身立命。九口者为祖父李本云、祖母高序梅，父亲李国栋、母亲彭学凤，二爹李国梁、二婶高克莲，三叔李国成、三婶匡群美，姑姑李国凤。

  1956年6月28日，丙申年五月二十寅时，星期四，天清气朗。母亲就在那间转堂里生下了我。我属猴。巨蟹座。

  茅屋人迹罕至，四季幽僻。一家人，一茅庐，与世无争。

  穿过莽林，向下一公里处有一户人家，也是茅草土坯房。远亲，母亲失去双亲后被此家收养三年。外婆彭杨氏，对我极好，幺儿长江，愚钝老实，却擅长打陀螺、踩高跷、捏泥人泥牛、叠笋壳钱与方盒等，是我童年中唯一的玩伴。

  我在那几间茅庐里，在那一片山野荒郊中度过了我的童年。因父母、叔叔均在生产队劳动，一个月30个劳动日，清晨披星出工，夜晚戴月回家。我与祖母、姑姑相依为命。

  1958年祖父英年早逝，家庭重担就落在祖母与父母身上。

  1965年我被送到十里之外的地主祠堂上小学，9岁启蒙。

  祖母出生大户人家，一生吃素，白天带我在田野里逮蛐蛐，抓蝴蝶，晚上给我讲狐仙，一个鸡抬头的励志故事影响了我一生。

  1967年三叔一房三口分家，另立门户。

  1968年我们一家三口也从桐树坡搬到河里五保户家借居，两年后在梅香泉的枣树坡建了瓦屋。1989年祖母驾鹤西去，桐树坡开始黯然失色。

几年后二婶病故，姑姑出嫁，二叔入赘再婚。

存在于桐树坡50余年的茅庐慢慢坍塌，杂树、野草复生。

时过境迁，桐树坡又恢复了原貌，回归于原生态。白云之下，荒林丛中遮盖着无人知晓的废墟一堆，喜鹊代代繁衍，蟋蟀蝈蝈不厌其烦地吟唱，诉说着一段过眼云烟的历史传说。

那山，那水，那树，那茅庐……

我生命的桐树坡，就这样，永别了！

图中的羊肠小路是作者儿时上学的路，小路的那头就是桐树坡老屋

小村记

村是小村，曰白果村，村名来自一棵千年古树——银杏。

那树须五六人合抱，杂枝繁茂，参天遮日，遗世深山。

说是村，其实只是行政区划意义上的自然村组。数十余座农家小院，有的建于山顶，有的筑于山腰，更多的是立在河边，几乎全是土墙、灰瓦、燕子楼、跑马檐。

独家独院，各不相连，可谓鸡犬之声相闻、老死不相往来。

这样的村落就显得清静、素朴，呈现出一种上古遗风。

村中有一条小河流过，很诗意的名字：白沙河。河里有鲫鱼，很小但味美。河中还有为数不多的青蛙、螃蟹，但无人食用。河水浅显，但清冽，发源于上游的乔家山，总长不过20公里，沿途皆有小泉汇入。河水注入马桥的粉青河。粉青河发源于神农架的前、后二河，下游为南河，注入汉水。汉水注入长江，长江直奔东海而入太平洋。白沙河便可列为长江水系。

从北京乘飞机、火车、动车、汽车均可入鄂西北名城襄阳市，从襄阳市乘车可达保康县城,再到与神农架阳日镇紧邻的马桥磷矿重镇。汽车走 30 分钟就进入白沙峡。

白沙峡两山紧逼,阴森恐怖,最窄处仅见一线蓝天。

数分钟后可出白沙峡,我的白果村便到了。

图为现在的白沙河

/ 林泉小品 /

小村被三座大山环抱。按其形状、走势、地貌、表态，名为黑虎跑、梅泉山、青龙山。

黑虎跑，山名很怪，状如黑虎，呈卧势，其尾伸向全国闻名的幸福村尧治河，前足伸向马桥的中坪村。我的老屋就建于黑虎跑的山脚下。黑虎长年静观着老屋，照应着老屋。老屋便成了丰灵宝地。屋边有一小泉无名，我为之命名为梅香泉。

梅香泉从山缝中流出，涓涓细流，长伴不老青山。

山顶垧里，与黑虎跑相立而生。天高云淡，山青地阔，山登绝顶我为峰。站在垧里，可以看到黑虎跑和梅泉山。

垧里住着一户人家，云深路远，是我文学的启蒙之所。

我钟情于小村的山山水水。

那山，的确是奇山；那水，也的确是秀水。

小村里的人，都是我的父老乡亲！

梅香泉记

梅香泉坐落于白沙河上,梅泉山下,李家老屋右侧。

那年,我14岁,时间是1970年的10月。告别桐树坡的茅屋,搬入在枣树坡新起的三间瓦房。之后,便与山泉相依。

坐在泉边,看水中小鱼自由游耍,蓝天、蜡梅、山竹随水流动,幽谷中悠悠传出一股清香。

山泉本无名,我突然有了灵感,梅香泉就此产生。

泉长不过一公里,幽柔,纤弱,缓缓无声。

泉的两边,是一株一株的蜡梅,与山竹、野草共生。二面的山坡生长着高大的柳树,柳树上缠绕长着千年的古藤。

初夏,新笋争秀,绿叶青枝,泉水在幽林下缓缓而流,袅袅轻吟,如喁喁私谈的蜜语;冬末,蜡梅吐蕊,清浅的泉水托着梅瓣雪朵,叮咚有致,款款而去。

泉边是打柴、放牧人踩出的小路。

顺路寻去,只能听其泉声,不见其影。

/ 林泉小品 /

渐行渐深,梅竹渐稀,一股涓涓细流方悠然现出。沿着细流前行,只觉冷气浸润全身。

图中门前的那条沟即梅香泉

两边逼窄，抬头只见一线蓝天。

再行，两山逼近。岩缝中的树木，或倒挂，或参差遮掩。谷内幽暗无光。云生雾起，水汽融入，叮咚水响。

两山在此相连，形成一道数丈高的屏障。

前行无路。岩壁陡峭，错落相间。苔衣绒绒，苔花微弱。

苔衣间伸出姿态各异的石兽、石乳，都作滴水之状。

岩中有一条状似蛙嘴的石缝，一道白练汩汩流下。

这便是梅香泉之源。大山的乳汁。

水甘甜，养人，养一家人，也养一方人。

泉出深山，悄无声息地流入白沙河，然后沁入粉青河，注入南河，汇入汉水，融入长江，最后归于大海。

人生的意义，如此小泉，不在于成功，而在于努力！

/ 林泉小品 /

蜡梅看我亦如是

吉人天相,一场瑞雪为我的山居增添了诸多情趣。而梅香泉的古桩蜡梅也应时而开,一夜间,清香四溢,雪飘梅放。

梅香泉长不过一公里,老屋居中,溪边有蜡梅数十余株。

蜡梅老干虬枝,繁花争相吐蕊,似有情之灵树。

间生青竹、兰花,杂花生树,犹显蜡梅的高洁与坚劲。

在梅下吟哦陆游的"何方可化身千亿?一树梅花一放翁",一时感慨万千。惊起一群红尾锦鸡。白雪与黄花之中,点点红鸟逶迤而去。等我近观,雪地上仅留数点残迹。

这时,一只喜鹊从头上飞过。我突然想到了北宋诗人林和靖。他在西湖隐居20余年,以梅为妻,以鹤为子,其"疏影横斜水清浅,暗香浮动月黄昏"成为千古咏梅绝唱。

寒风摇曳,花落满头。

我看蜡梅气如虹,料蜡梅看我亦如是!

1995年除夕夜于老屋寒室

林泉隐者

图为一家人温馨过年的农院

将妻携女，春节前夕，我又回到了家乡白沙河畔，回到了封闭的山村农家。一个颇具诗意的地方——梅香泉。

电灯恰在回家的头一天架起，但无电视、报纸可看，无广播可听，不通手机信号，每天只与青山绿水交流。

梅香泉二面的蜡梅赶在阴历年前开放，花发新枝，馨香流溢。疏影横斜水清浅，暗香浮动月黄昏。

无月有雪，有香，亦美。

林下的蕙兰，偎依山石，露出花箭一柱，极显高洁雅致。

一片空山石，数茎幽兰草。

写意风尘人，莫忘林泉好。

远离城市的嘈杂与俗务，远离外面的花花世界，我便可以在白沙河梅香泉的老屋做上半个月的隐士了。

单家独院，四周十分安宁。与昌英新婚时的寝室兼做书房，温馨如故，书房里发着熊熊的炭火。父母与妻儿各在另外的空间忙碌、交谈。宁静的卧室便成了我的天下。

这次回家，我列了十多个散文题目，以每天二三篇的速度写作。都是精致短作。我写得极为轻松、愉快。

写作的间隙便开始整理我的第二部散文集《浮生独白》的书稿，抽空还为我主编的民俗散文集《古老的保康》一书作序。

写累了，打开一叶窗户，青山立即在眼前显现。

冬天的鸟在四周叫着、闹着。

远处不时传来一两声犬吠、鸡鸣。

心里高兴，便搬出带回的期刊、书籍，随便地翻阅。

面前放着随身听。山窗内外便弥漫着音乐的旋律。

我感到文思如泉涌,伏案写作,文思澎湃而涌。

在老屋的寝室里完成一些短章

乙亥年腊月二十四于白沙河

/ 林泉小品 /

南垭，生长爱情的地方

南垭在我的记忆中始终与我的故乡一样亲切。

其实，南垭不过是一个普通而封闭的小山村，位于神农架林区阳日镇的高山地带。不通车，不通电，青油豆灯，粗茶淡饭。世世代代行走着一条汉唐时代的盘山小道。

一村人家差不多全是高姓。古稀老人却是孙子辈分，而乳臭奶儿又被尊为爷辈。五代同村，四代同堂，其乐融融。

一百年前家族中曾出过一名秀才，在村中办了私塾，传播孔孟之礼，教化愚顽，老小耳濡目染，这就逐步形成了淳朴敦厚的乡风，养就了豪迈、阔饮的习俗，蕴涵了正直、勤劳、豪爽的文化底蕴。

村里缺水，人们在林中挖了两口土井，有一股涓涓细流日积月累，形成"双池"。双池便成了村里的标志。

夏天，正是农忙的季节，满田的农人戴着斗笠，在烈日下锄草，前面是一对手执锣鼓的老者，敲一阵锣鼓，唱一句山歌，劳动就在锣鼓与歌声中进行。

谁家若有贵客来临，马上就有一位长者相陪。端了小桌，温一壶清茶，能下棋者下棋，不能下棋者就天南海北地穷聊，讲古论今。中午，大家都歇了晌，都来陪来客饮酒，一家客也是全村客，一醉方休。醉了，倒头便睡。晚上，再饮。饮得有些醉意，就在道场的树下围一小圈，听老者说姜子牙封神。说到满天星斗，说到精彩奇妙处，老者来一句"且听下回分解"，大家便兴犹未尽地归去。这时，主人便请你入睡。

图片的背景是南垭山峰。图片中的人物为18岁的昌英（左1）和大嫂郭国兰（右2）、表姐高昌菊（右1）、幺弟高昌盛（前）。他们的脚下应是已成废墟的老屋窑上

真正轻松快乐的日子是在一年中的正月，春节。

农事也不问了，家事也不想了，男女老幼心安理得地过年。

每当这时，远亲近戚，三亲六党也都来了，无论到哪家，放一挂鞭，便成了南垭村共有的客人。喝了茶，便入席。往往是一间堂屋，摆上二三桌，剩下的便围着看，或者自寻其乐。坐上席的往往是受尊重的老人和后生。开头大家还是平平静静地互敬、互喝，慢慢地有了酒意，新的题目也就来了。突然，两个后生各夹一块大肉同时送到老者的口中，另一个便斟上一杯酒去强灌。老者并不惊慌，先一口喝了酒，又将两块大肉吞下，这时满桌的食客都笑得捧腹捶胸。眼泪笑出来了，饭星子唾了满桌。笑够了，便猜拳，轮流地猜，一个人输得太惨，起身便跑，大家一拥而上，捉了那人，先拿他荡秋千，然后再入席。只喝得一个个面红耳赤，口吐狂言，人仰马翻方止。

第二天，头晚过量的人怎么也起不来床，茶饭不思，大病似的，大家都拿他取笑。再过一天，那些败将元气上升，又成了杯中好汉，而这一拨人反倒被战败躺下，落得同样的遭遇。因此，凡到南垭做客的，在酒桌上谁都不敢夸口海量的。

这家还没下席，那家便上了门，一家客成了连家客。客接到家也不急着开席，先给你喝了米花茶、甜糟茶，接着又端上了板栗、核桃、葵花籽或自制的糕点，让你尽情地吃。屋里生了炭火，也可以下棋，还可以大家一起玩锣鼓唢呐、唱花鼓歌。乐够了，才让你入席，接着便是酒桌上的一场短兵相接的酣战。

如果还不尽兴，就去打猎赶仗。其余的如果有兴致，就跟着满山遍野地乱跑、瞎吆喝。头上沾了雪,衣服拉烂了,有无收获,谁也不去计较,大家尽了兴,喝酒就有了话题。当晚就会又有几个杯中好汉醉如烂泥地倒下。

2015年12月27日高昌英与姐姐高昌菊(右)重访南垭雷家沟故地留影

这样的生活一直延续到元宵节，外面的客实在玩不住了，主人也不强留，送至门口，依依地离别。送走了客人，春节就收尾了，一村人家这才开始规划新一年的农事。

昌英就在那农家小院里出生，又从那淳厚宽仁的乡风中嫁给我。她在这种淳厚乡风里耳濡目染了 20 年，出嫁时迎送新娘的队伍几乎排成了十里长队，鼓炮连天，唢呐阵阵，花轿悠悠，让山水生辉。

南垭是我爱情生长的地方，给我爱情的地方，就是我的第二故乡。

埫里人家

从白沙河到埫里,要爬五里多的山路。

山上原本无路,因为有了埫里人家,踏开出了一条路,走的人多了,小路就成了大路。大路也不大,曲曲弯弯,拐拐岔岔,沿途除了几块已经退耕还林了的二荒地,都是杂草与树林。

林中栖息着一些常见的鸟雀,还有一些可爱的小动物。如果幸运的话,还能碰见像狗熊、野猪、獐鹿那样的珍贵动物。

所谓埫里,其实是这座高山顶部的一块小坪。背靠神农架南垭村。右边的山梁是我爷爷奶奶的墓地,叫老哇窝,左边走过包包洼洼的山梁是白沙河经过神农架南垭的秦蔡垭。山岭突兀耸立,可以看到四维的茫茫峰峦,万山云海。

高岭下面的一块坪地,就是埫里。名称由此而来。

埫里住着的人家,是我的联宗家族。是有名的大户人家。

埫里人家搬到山上后,开垦了十几亩土地,自耕自食,养有牛羊猪狗,周围林木丰茂,果树成荫,林下山珍应有尽有。

他们又在房前屋后栽了许多种果树,四季瓜果飘香。

门前挖了一口堰塘。堰塘是为了蓄水,仅供牲畜饮用。吃水就比较远了,要下到半山腰的老水井去挑。

堰塘前植了五棵白杨树,夏天围坐在树下乘凉,听老爷子谝铇①,讲《说唐》,我曾在白杨树下朗读茅盾的《白杨礼赞》。那里是我写作的启蒙之地。

靠着勤劳的双手,埫里一家人过着自足殷实的日子。

埫里静谧清幽,远离人烟,无邻里相扰,四季风光分明。

方宅十余亩,草屋八九间。暧暧远人村,依依墟里烟。户庭无尘杂,虚室有余闲。就是这户人家的真实写照。

远离尘世的埫里人家

这样的环境很美，但也很孤寂，封闭，偏远。生活诸多不便，缺水，出行不便，与外往来交流都在一日之间。

去堉里，上山下坡，需要勇气，需要情感的支撑。

富在深山有远亲，每逢年节，偏偏在高岭独峰之上的堉里嘉宾如潮，高朋满座。高天云外，四方乡里，堉里情深。

与堉里高岭对峙的就是梅泉山。梅泉山下有一大一小两股溪流，大的叫白沙河，小的叫梅香泉。我的老屋就建在这一溪一泉之间。鸡鸣犬吠，声声相闻，往来却要半天。

因为我们两家关系亲密，山路风雨无阻，往来犹如近邻。

堉里人家香火百年兴旺，四代同堂。

最让我尊敬的是具有仙风道骨的李兴周老太太；最疼爱我的是下得厨房进得厅堂的新奶奶王均凤；最与我要好的是新奶奶的长子李广凡。

新奶奶和我敬爱的祖母，是我生命中最尊敬的人。因为新奶奶和那位爽朗的老爷子，我特别敬重堉里一家人。

我也特别爱堉里！

注释

①谝匏（piǎn páo）：神农架、保康一带方言，意思大致为吹牛，讲故事，说大话等。

/ 林泉小品 /

母亲做的荞麦饭

母亲已经很老了,她的眼睛近乎失明,但我却一直没有注意到。

我从十六岁走出那个叫白沙河的山村,每年也就回去一两趟。母亲知道儿子工作很重要,从未抱怨过我。回去的日子都是特定的那几天,母亲头几天就开始盼了,做准备。准备的都是我最爱吃的荞麦,用荞麦米做干饭,用荞麦面做角子。荞麦米饭浇上猪大骨汤、荞麦面角子再加一盘白蒿菜豆腐,是儿时过年才能享用的美餐,也是我的最爱。母亲懂我,每次回去这些是必备的。

那天我开车回到老屋已接近中午了。母亲与我寒暄了几句,就坐到道场的中间,她说,你歇会儿啊,我给你做荞麦米干饭。说完她就从屋里端出一把筛子,筛子里放着刚碾磨出来的荞麦米。

母亲把筛子平放在双腿上,一只手捏着父亲不小心打碎了的老花眼镜残片,紧贴在左边的眼睛上,来回在荞麦米里寻找着。

荞麦米里还残留着一些荞麦壳,她要一点一点地把它们挑出来。她的一只手在荞麦米里反复地扒动,头几乎就与筛子贴近了。

她是那样地专注，那样地执着，为的就是让我吃到一碗没有半点荞麦壳的荞麦米干饭。直到这时我才意识到，母亲的眼睛可能看不到东西了，而她从没有向我提起过。我的心突然像被针深深扎了一下地痛。

我怕在母亲的面前哭出声来，就赶紧跑到屋后的梅香泉边，一时泪如泉涌。那自责、愧疚、感激的泪，没有在母亲面前流出来，在母亲离开我以后的许许多多的日子里已经没有机会流了，只有母亲手捏老花眼镜残片埋头择荞麦壳的一幕让我永远无法释怀。

母亲最拿手的是一手精美的荞麦素食。

母亲的一生中最闪亮的部分应该是荞麦。

为什么我的眼中常含眼泪，因为我对这片土地爱得深沉，因为母亲，因为母亲的那碗荞麦饭！

戊戌年正月初一试笔

/ 林泉小品 /

家乡荞麦花似海

翻过一道山梁,太阳正从东边的山岭上爬出来,金色的线条透过淡淡的晨雾射在家乡的土地上。我的视线豁然开朗起来。

喔,好一片花的海洋啊!

在山坡上新开出来的一块块生地里,它们一株株,一簇簇,矮矮地挤在一起,芸芸众生,浓密的花絮遮盖了土地表面。红的像桃花,白的像梨花,组成了一幅清晰悦目的秋花图。

我小心地拔起一株荞麦秧,细细地观察起它的形状来。

它没有粗壮的根须,只有一绺绺细短的须毛;它没有结实的秆,只有麻绳粗的茎;它的叶呈三角状心脏形,它的花也只有白色和粉红色两种,就是它那瘦黑的有棱有角的果实,也是再平凡不过的。然而,它却既能在肥沃的土地上安家,也能在贫瘠的土地上扎根。它不但敢与天旱抗争,也敢同阴雨搏斗。

荞麦是高山唯一的细粮,因此它赢得了农民的青睐。

农民爱它,爱它抗旱抗涝的韧性,爱它不与别的植物争养料的风格。荞麦是平常的,荞麦花是可爱的,但更可爱的是那些像荞麦花一样朴实的永远扎根在山区的农民们。

雾散了,留在我眼前的是一片嫣然若笑的荞麦花。

1990年秋于洞河中心学校

/ 林泉小品 /

老家的那棵枣树

鲁迅说,在我的后园,可以看见墙外有两株树,一株是枣树,还有一株也是枣树。每次想到鲁迅的这句平实的经典,我就想起了老家门前的那棵瘦硬的枣树。

枣树,白沙河,梅香泉,老屋,是我生命中不朽的印记。

梅泉山是峻秀的,梅香泉是清丽的,而白沙河的土地却很贫瘠。枣树就生长在家乡贫瘠的土地上,因为那棵枣树,那个地方就被人叫作枣树坡。1970年的秋天,父母在枣树坡盖起了三间跑马嗣檐的大瓦房,我们从此就此居住。

是何时何人栽的枣树?无人知晓。

枣树已经很老很老了,然而每年秋天仍可收获很多的大枣。每年的打枣都在中秋节的前几日。中秋这天,母亲总要送些枣给邻里,然后才开始准备自己的糕点。中秋月夜,一家人在小院中间围着。一张小方桌,桌上放着用酒泡的大枣,月饼是没有的,酒只有少许,能够保障供给的倒是自制的大碗茶。一家人就这样吃着、喝着、谈着，直到深夜，谈的多是农事家务，有时也谈点历史掌故，至于月缺月圆，并无人为此感伤落泪。

图为坐落在梅香泉边的老屋，图中的枣树是后来父亲栽的

枣子的寓意我是婚后才知道的。家乡一带的风俗，新人床上是要放几样物品的，比如枣子、鸡蛋、筷子之类。新婚夜，昌英趁我不注意时翻开被子，床上立即出现一层大枣，红红的，每颗都很饱满，看来都是经过精心挑选的。昌英不解，回门时私下去问岳母。岳母笑笑说："傻丫头，那是叫你早生贵子！"

昌英羞得满脸通红，我却深为感动。这是一种多么深厚多么质朴的祝福啊！从此我便对大枣有了深深的敬意。

大枣在水果中应该是比较普通的，也许正因为它的普通才显得可贵吧。北方有红枣粥，南方有红枣蜜饯，就是在中医的手下也是不可或缺的补药。然而更普通的还是枣树。枣树耐寒，耐旱，抗风涝，抗盐碱，不择土地，不怕瘠薄，有极强的生命力。如果说红枣代表着我国农民的品质，那么，枣树就体现了一种民族精神。

我总以为，它那粗糙的皮肤和昂扬的尖刺正是枣树的性格。

枣树，我生命中的枣树！

十七岁的那个山村之夜

我久久地无动于衷地伫立在堰垭小学的山溪边。

面对孤零零的由古庙改成的学校,我不知道今后该以一种什么样的方式生存。古庙一分为二,一半是教室,一半是我的寝室兼厨房。我面对的是一至四年级的小学复式班,而学生加起来也不到20人,最小的8岁,最大的仅仅比我小两岁。

脊梁上的兽头狰狞地瞪着我,烂出半截的椽子挤满了麻雀。

整个古庙的历史浸淫着一部骇人听闻的鬼怪故事。

古庙背后是绵远的高坡,右边是幽深的峡谷干溪沟,左边是一片荆棘丛生的坟墓,对面突兀而来的则是苍莽的黑森林。

我怀着满腔的热血与抱负,从保康师范毕业,刚刚走上社会,马桥教育组一纸调令,我就来到这座深山的古庙。

这就是我要继续生活和工作下去的学校吗?

它与我想象的差距太大了。

年仅17岁的心灵变得无助而混乱。

我走进属于我的卧室，一张床，一张办公桌，一盏煤油灯，一只广播喇叭，还有，一口锅。今后，我就这样生活。

图为作者 44 年后重访旧地

荒野传来一阵犬吠。山风掠过窗前,拍打着窗棂,呼啸着刮向门前的黑森林。猫头鹰的鸣叫从东边传向西山,间或还有一两声野狼的长嚎。灯光忽明忽暗。我感到周围布满了陷阱,浑身毛骨悚然。我用凳子抵紧大门,用棉被遮严窗户,还是不能消除恐惧。我宛若置身于黑洞洞阴森森的地狱。

我很快控制住了自己的恐惧,这是我走向社会的第一关。

我是毛泽东时代的革命青年,这第一关我必须跨过去。

我勇敢地打开房门,坚定地从古庙里走进夜色。

月光很好,我坐在古庙前的石墩上,望着孤零零的校舍,望着古庙脊梁上狰狞的兽头,望着远方和近处悠远深邃的峰峦、沟壑与森林,一时感慨万端,竟有些爱恋。

清纯的山村之夜,月光洒向山涧,树影婆娑,溪水粼粼。山风轻拂,夜莺彼此唱和。一切都显得那么和谐、宁静、厚重。这样的月夜,城市不会有,但在我今后的生活中就是常态。

这样一所学校,在我之前还没有一位公办老师调来。我为古庙悲哀,也为山村里的孩子们痛心。但是我来了。

这样的月夜应该是为我准备的。

我相信,明天这里就不会如此宁静了。

孩子们,我们一起迎接书声琅琅的明天吧!

1973年10月于堰垭小学

老鹰猎物记

秋天的洞河山乡，遍地金黄。天空万里无云，大雁南飞。

一个圆点从遥远的天空向学校的方向移过来，不，它应该是在盘旋，盘旋着移动。

时间一点点过去，但它似乎并不着急，像在天空自由行走，又像是在悠闲地散步。

圆点越来越大了，慢慢地移到了学校的上空。

我屏住呼吸，紧盯着那个移动的圆点。

我发现，圆点突然变成了一只硕大的风筝。它时而向上旋转，时而向下滑翔，总是在空中画圈。

它的两只翅膀一直张着，始终保持着平行的姿势。两条细腿和那尖利的爪子一直蜷曲着紧紧贴在胸前。它的头一直向下，眼睛闪闪发出绿光，锐利地盯着地上。

啊，它是一只雄鹰啊。它在觅食，地上肯定有它的猎物。

一时，我的四周非常沉寂，听不到一丁点儿的鸟叫。鸟都到哪去了呢？在我身后不远的地方几只家鸡匍匐在地，瑟瑟发抖。我明白了，它们遇到了天敌。在天敌面前它们都失去了自信和斗志，等着束手就擒。这是动物们的悲哀！

突然，那只雄鹰停止了盘旋，一个俯冲，全身淹没在浅林中，说时迟那时快，又一个直射，几乎是垂直向上，钻到了半空，利爪下一只野兔还在做无谓的挣扎。

它长鸣一声，向远处的山峰飞去。

一切都像在梦中，在猛禽中我见到过鹞子，还没有见过雄鹰，而且目睹了雄鹰捕猎的全过程。能够见到猛禽真是人之大幸，如今平时常见的动物比如射獐、麂鹿、呱呱鸡、黄安蛇等都很少了，包括它们的天敌虎、豹、豺狼、老鹰、大雕，几乎绝迹。难道它们也有天敌？

我明白了，动物的天敌应该是我们人类。假如有一天地球上没有了飞禽走兽爬虫游鱼，人类还有意思吗？！

/ 林泉小品 /

老家的年夜

　　梅香泉蜡梅盛开，花色淡黄，花蕊紫红，状如磬口，清香。

　　保康野生蜡梅破坏严重，许多树兜被挖，资源正在减少。白沙河封闭，资源尚未流失，如今保康新研制出蜡梅花茶，从蜡梅花中萃取香精，蜡梅花也有了实用价值，造福山乡，荫庇百姓。

　　晚洪波、龚富全来赏梅，特请老伯龚玉辉陪父亲饮酒。

　　龚伯伯与姑父王元庆、父亲结为三兄弟，关系很铁，是酒友，老房子就是他带工亲手所建。

　　家乡一方，在我16岁以前和此后在家乡教书的三载，对我有情有义者不少，他们中不少人已辞别人世，健在的也多是老态龙钟。我要报答他们。报答的方式就是，要努力改变家乡贫穷落后的面貌，让家乡人看到希望，富起来，强起来。

　　还有——让蜡梅更香。

　　大年除夕，天降小雪。雪映蜡梅，生机无限。

　　千门万户曈曈日，总把新桃换旧符。每年我都要自己编对联，亲自写春联，有时也给邻居书写，昌英就成了帮手。

贴了春联，挂了中堂，焕然一新。阶檐红灯高挂，堂前彩灯闪烁，领袖像前香火袅袅，满屋华彩生辉，一派祥瑞之气。

图为作者写春联，妻子作为帮手

四代同堂。家有老是福气，家有小是希望。

厨房有儿媳下厨，母亲做帮手。父亲打扫卫生。

长女李高洁去梅香泉边掐了梅枝，用酒瓶做花瓶，一瓶供于正堂神案，一瓶清供于我的卧室，书案，满屋生香。

小女李高超做作业。我读书，写文章。

黄昏时分，正是新闻联播时，父亲焚香祭祖后，全家入席，一家九口共举杯，吃团年饭，迎新辞旧，展望未来。

饭后大家于炭火前，品茗谈笑，共赏中央电视台春节联欢晚会。一家人在深山老屋共看春节联欢晚会现场直播，开天辟地第一次。随着春节联欢晚会的《难忘今宵》，我们一起走进了癸未年，走进了新春，走进了新的希望。

八名主持人向全国人民拜年，我们与孩子们给双亲拜年。母亲分别给孩子们压岁钱。我与昌英自然也是少不了的。

凌晨，山沟里的第一声鞭响，惊起一对山鸟。顺着鸟叫的方向，父亲算出今年的喜程方是在东方，于是在靠东的方位支上香案，香案上放着升子，升子里装上谷米，插上三炷香，升子前摆上三盘供品，分别是板栗、核桃和饼子。

母亲点燃发把，熊熊发把照亮枣树坡、梅香泉，满院火红。

父亲点燃香表，跪地叩头，然后仰天祷告。敬天仪式完毕。

我点燃鞭炮，孩子们开始燃放礼炮、烟花。不夜山村。

山村农院，紫气东来，家运昌盛，三阳开泰。

我家也该实现真正意义上的小康了。我突然预感，我们这个家庭应该是兴旺发展的时候了。今后不仅为村里操心，也为这个农家操心。

明天，又将告别红泥小火炉的乡村林泉生活，回到繁华的县城，回到县城的家中，感受与时俱进的快乐。

癸未年正月初一于梅香泉

在山村过年

农家的年夜最温馨,农家的团年饭最香甜。

吃毕了团年饭,母亲就去梳妆打扮,准备点心,迎接新年拜年的客人。父亲去火房发火,火越旺,家越发,又把各房屋的蜡烛点亮,红红火火过大年。父亲守岁,俩女儿看春节文艺晚会至凌晨。我与昌英早睡,凌晨5时起床。出天星。

凌晨东方泛白,发把燃起,分别举行祭天神仪式。

白沙河从凌晨5时开始燃放鞭炮、烟花。等我起床,站在高坎,凡能看到的人家都是灯火通红,一对红灯高挂。这里的农民也有了余钱,这年就过得滋润多了。

又是一年芳草绿,依然十里杏花红。

左邻右舍的出行客来得早,鞭炮声、拜年声不断。

新春出行看方位,走旺家,求吉利。

9点率昌英、婷婷、超超去对门彭学民家出行。

10点开车前往尧治河村,给学友孙开林拜年。

尧治河气象非凡，山沟里一排排都是洋房。

许年鹏、孙开林，洞河初中同学相聚，分外亲切。

开怀豪饮，李高超第一次醉酒。

下午4时回，家中拜年客不断。

香甜的团年饭

邻居相接。早晨去郑家武家，中午在龚玉辉家。洪波、陈文举、李爱民夫妻同在。晚近邻彭学德家接。此家虽是近邻，在此居住已八年余，我尚未去过一次。才搬到此地，家贫如洗，近几年儿女已成人，家境开始宽裕，欣然前往。

晚上与女儿们一起欣赏电视剧《血色浪漫》，从知青时代一直到改革开放时期，真实而幽默，诠释了许多现实生活。情节好，尤其是对话，令我很欣赏。

不断有亲友前来拜年。表妹高明菊，侄儿周定涛两家九口，马桥王西国、何顺平、段家炳、李敬相，村主任陈广昌等。

夜来风雪突降，山舞银蛇，早晨转晴，艳阳高照。梅香泉蜡梅盛开。倚东风，一笑嫣然，转盼万花羞落。送我归程。

2000年春节于梅香泉家中

母亲七十二寿诞

农历五月十四，母亲年满72周岁，回家庆贺。

贾永春开车，昌英、高长贵、宋进潮陪同，上午11时回到家中，后周定涛、彭广云分别赶到，邻居陈广昌、蔡昌元等帮忙。

父亲六月初九，年满74周岁，商定妥，到时不回。

除为父母各送一套生日衣服外，百年归山时的寿衣均已备好，其中男女寿衣各11件，上衣6件，下衣5件，另做盖褥垫褥各1套，盖棺各1套，男女帽各1顶，饰物各数件，鞋袜几年前已请姨姐高昌菊代做。

三岁置棺木，这是大家族的传统。

棺椁已漆第四遍，木料为当地花栎木，红木的一种。

下午请长贵兄察看墓地，基本确定，200平方米，父母合墓。年底可请人画出图纸，明春动工，平墓基，植翠柏、万年青。

父母年近古稀，尚健康。母亲双眼做白内障手术后，视力恢复，家务园田两顾。父亲尚能烟酒。责任田、山林均在。

今年种地 8 亩，苞谷长势良好，小麦和洋芋已收获，其他蔬菜应有尽有。养猪 3 头，狗 2 只，猫 2 只，鸡 30 余只。

母亲、父亲与侄子侄女们合影

母亲也幽默：我还不得死呢，装老的东西都弄好了？！

二老健康，这是上苍赐福，我以孝报上苍。

峨峨西岭内，鸣鸟声相闻。少无适俗韵，性本爱丘山。

2004 年 5 月 14 日于梅香泉

/ 林泉小品 /

回家过年遇险记

早晨起来,保康县城四周一派冰天雪地的景象,天气没有晴的意思。回保南过春节的人都决定推迟一天。想到父母在家的期盼,与昌英商量,我们还是决定冒一下险。

司机兰海去购桑塔纳防滑链条,城内已卖空。不再犹豫。

9时离开县城。李高洁晕车,人未上车先吐,对汽车产生条件反射,李高超也晕车。

车行至后坪镇红岩寺处,抵达风垭。此为去保南的第一险段,两公里内冰层寸余。路上已停数十辆车,多为吉普,有大客车、货车,轿车仅有两辆。大部分安装了防滑链条,停半小时,前面的车开动。我们的车压冰缓冲,竟一下冲过垭口。

车行至黎店,要翻两座山垭,莫家垭和黄连垭。

这是县城到马桥的第二险段。公路窄,坡度大,而且有两处山坡。来往车辆多有受阻者,还有一辆车半途被迫返回。有一类车安有前加力,可冲上去,去神农架的车都安有防滑链条。

在翻第一处山垭时，车轮打滑，我与昌英下车推车，让婷婷超超坐上车头前盖，增加车前轮的压力，行十几步，又打滑。

兰海说，看来只有返回了。

昌英看着我，我当时心情极为复杂。回城过年，对我们来说当然可以，但远在山村的父母怎么办？父母在，不远游，何况还是农村特别看重的春节。

这时一辆东风牌大货车开来。上面是师范同学陈家林和他的一家人，开车的是他的小儿子陈晓。看到我们的车子受阻，立即停车，我们10余人一起推车。陈晓从附近农户找来稻草，铺在车轮下，这样第一处山垭——莫家垭就冲过去了。

行两公里处又遇第二处险段——黄连垭。

这一处最险，坡度大，有急弯，路上全是冰凌。刚一上坡车轮就打滑，又用老办法，车轮下放草，众人相推，失去效果。

陈家林找来草绳，缠住前轮，车一开就断。

后来有一持斧者路过，陈晓借来斧子，用斧头砸开冰层。又有俩儿童玩雪，陈家林请他们找来铲锹与挖锄。冰层砸开一段，车前行一段。突然前面下来一辆重车。无法停车，差点相碰，幸车上人迅速找到几块大石挡住了车辆。

那车上装的是红砂。陈晓说，这下有办法了。于是上车铲下红砂，沿路垫上。大家再次从后面推车，司机加大油门，一鼓作气冲上黄连垭口。

看时间，在那里竟耽误三个小时。

每次回家过年，必须先去神农架泮水看望岳父岳母，然后再回白沙河。李高洁一路晕车，李高超也是，均是一副可怜样，令人心疼，只好让她们借住在亲戚家。

车到松柏镇，鹅毛大雪迎风乱舞，公路两旁银装素裹。

松柏到泮水，又遇一处风垭，曰三里豁。车又打滑，正危难时，一辆面包车开来，马上停车帮忙，车一冲而上。

到岳父家已是晚上9时。岳母忙做夜宵，吃毕已是深夜。

孝心感天动地。吉人天相，危急处，总有贵人相助。

1997年2月1日（腊月二十五）于泮水

最后一次回老家过年

2010年的春节,对于我们来说,是个特殊的春节。

这个春节我们全家又一次回到了白沙河梅香泉老家,在那里陪父亲度过了一个难忘的春节。

母亲刚刚去世,我们不忍心让她老人家灵魂孤单,一直不愿意把父亲接到城里来。最后我与妻子约定,再一次回去陪父亲、也是陪母亲过一个特别的春节。

刚刚过去的己丑年应该说是我们家充满希望的一年,大女儿高洁逐步走向成熟,工作安定,又有了自己的朋友,而且毅然和我们一起回到山村过春节;二女儿高超被学校选派到日本北海道大学读书,在樱花开放的时候就要出国,正好回到山村享受一下农家的宁静;父亲虽然年迈,但身体还算健康,一个人在家中料理自如,这是对我最大的安慰;邻居精心照顾,家里老房子也得到了改造,而我和昌英也过得更加充实淡然。

我们进城23年,还没有在城里过过年,每年的春节与昌英带

/ 林泉小品 /

着俩女儿回到父母身边，在这远离喧嚣城市的林泉享受十余天的桃源生活。家里尽管条件很差，但全家享受天伦之乐，很是温馨。

图为作者在这栋农家小院度过的最后一个春节

天解人意，在我们回到山村的第二天就开始下雪，一直下到正月初三，纷纷扬扬的大雪把封闭的山村装扮得格外静美。大地一尘不染，我又度过了十天神仙般的日子。

昌英（左1）、小女李高超（左2）与大女婿孙兆强（右2）、大女儿李高洁（右1）踏雪回家

那一泓清冽的梅香泉呢？

我又回到了白沙河，回到了梅香泉，回到了枣树坡。

昨夜下大凌，满山一片银白，玉树琼花的美景，煞是好看。

地上全是冰凌，泉边小草如同翡翠。好长时间没有这样观察梅香泉了。但梅香泉已没有往日的灵动。

阅梅香泉山水。这一川山水，年年阅，阅春色，阅秋色。冬天水瘦山寒，回来最多。一川蜡梅尽放，令我欢喜。

农家小院，尚存魏晋风韵。绿蚁新醅酒，红泥小火炉。全家围炉夜话，和和睦睦，这种天伦之乐，是从前的幸福。

父母明显地老了，尤其是母亲，身体越来越羸弱了。

这梅香泉我回来肯定会越来越少。我原想，退休后还回来居住，如今想法已经改变。昌英和孩子们都不赞成，而这里的纯朴民风不存也让我失望。家乡的水、电、路都已改善，我无愧于生我养我的这一方山水。

再去探寻梅香泉的源头，已不敢相认。

梅香泉因修公路，遭到严重破坏，泉水从碎石下流走，源头已没有小潭。小泉两边的梅竹多被砍掉。

鱼翔浅底，蛙鼓阵阵的景象一去不返。

红尾锦鸡、黄莺、山喜鹊、果子狸、毛老鼠、狐狸不见踪迹。

欣慰的是梅泉山庄的田园风光依旧，小院依旧。

读王维诗。家里藏书均被虫蠹，都是我读过的书。每打开一本，过去的时光似乎就在眼前。

王维的诗有意境，但他并未终老山村。孟浩然实属无奈，陶渊明晚景凄凉，我不会走他们的路。

早晨与侄儿蔡定毕一同嫁接蜡梅。新植蜡梅数十余株，将部分改植，改良，嫁接新品。水竹、桂竹与果树还在。希望茂林修竹的景象重现，冬天花旺香溢，为梅香泉增彩。我将逐步改建梅香泉，维护好老屋。父母在，也是尽孝。

父母虽都是 70 余岁的人，但尚健康，他们不愿进城，我也想把老家留住。我是独子，俩女儿都在城市里就业，叶落不可能归根。老家风水好，我要让它存在的时间尽可能长一些。将来如果有点闲钱，这个地方我还想小修一下。

父母百年归天，我老得走不动了，那时候就随它去吧。

2007 年春节于枣树坡老屋

老屋啊，我将泣别

回老屋，看父亲。母亲已走，老屋就父亲孤守了。

父亲日渐衰老，最近眼睛也老花了。母亲走后父亲的身体一天比一天差，腿疼是老毛病，手抖，记忆力差，尿频。视力模糊，经常自言自语，表情木讷，但他内心明白。

他对我说，他不行了。他也苦恼，他不想这样！

关于父亲的安排，他清醒时我们一起商量过几套方案。

一是接到保康，和我们一起过；二是去县福利院；三是请专人照顾他的生活起居；四是将老屋过继给家门，照顾父亲的生活。都不是最佳方案。父亲说，只要不离开老窝都行。

看到父亲的态度，很焦虑。独生子女真不好。

父亲打电话给我，两台电视机都坏了，他没事做，着急。专程从城里请了师傅，又新买了机顶盒，调试好各频道，一台放在餐厅，一台放在卧室，24小时开着。父亲老来有三大爱好：喝酒、抽烟、看电视，一一满足，尽量让他过得快乐一些。

母亲走后,猪、鸡都杀了,两只猫离家出走,只有一条老狗与父亲不弃不离。土地都荒芜了,院子死气沉沉,毫无生气。

用手机拍了老屋内外的照片,一副破败之状。

作者在梅香泉留影

过去那种兴旺、祥和、闲适的景象一去不复返了。

想到此,不觉泪出。唏嘘,田园将芜胡不归?

我爱田园，我爱老家。但没有兄弟姐妹，俩女儿不会回来继承，我有家园归不得。归去做什么，怎么归？我做不了陶公。

居住40余年的老屋，我将放弃。

儿时的梅香泉已被破坏，我将放弃。

白沙河，我将放弃。

生我养我的那一方水土，最终我将放弃！

为什么我的眼睛里总是满含泪水？

父亲啊，我的老父亲！

2012年8月于白沙河老屋

图为作者老屋——枣树坡，左边是梅香泉，流过门前的是白沙河

/ 林泉小品 /

父亲看故居的最后那一眼

　　父亲是农历二月三十送回白果老家的，那天是公历3月30日，至今算来6个月，170余天。这段时间由李继平一家，主要是侄女李传翠和妹夫蔡昌元照护。左邻右舍已经把他忘了，如同没有他这个人。父亲没得病之前曾是家乡一带的场面上人物，哪家有了事都少不了他，平时与邻居相处很好，特别是母亲在世时，家里常常宾朋满座，觥筹交错，现在母亲走了，父亲病了，失智了，不能自理了，人就被遗忘了。

　　人情冷暖，父亲是最好的见证。

　　这两天阴雨，他在床上拉尿，床单、被子、床垫，他的衣服都是湿的。没太阳，不能晒。他就睡在湿漉漉的床上。屋里很潮湿，霉味臭味扑鼻。父亲这样度过了许多天。晴天，翠翠、蔡昌元每天早晨会给他晒，脏衣服随时给他洗，给他换。阴天就只能将就。

　　我感激翠翠，感激蔡昌元，感激李继平一家，但他们做得再好再周到，也替代不了儿子儿媳在身边尽孝。

当初送老人家回老家，一是了却他的心愿，他自知时日不多，一直要回家，回到老伴身边，甚至趁我们上班时悄悄出走；二是因为他病危。他要活着回家。后事都已给他准备好了。

请了几位医生，也请了多名算命先生，先说过不了三月，后说过不了五月，后来说谨防八月，八月一过，还会活几年。

我就反复与蔡昌元和父亲的干儿子李继平商量。他们说，哥哥放心，是你的老子也是我们的老子，送回来交给我们你放心，他在这里生活了一辈子，如果死在城里，他不会闭眼的。大伯好事到了，我们安排好，你们回来戴孝就是了。

我就这么一直在等。蔡昌元、李继平、汪仁菊照顾得不错，如同亲父，尤其是翠翠，送饭、洗衣、晒衣被多数是她做的。

他们做得够好了，但没有儿女在身边，吃苦受罪是自然的。

受条件所限，他自己得错了病，我只能受良心谴责了！

蔡昌元给我打电话说，这段时间，大伯时而清醒时而糊涂，说话有些语无伦次。但他能吃能喝，短时间走不了，老放在家里不是办法，你还是回来把他接走吧，好事到了再说。

回去的时候，他的状况很差，见了我表情木然。我说接他到县城，从此去享福，他也没有太大反应。

一生多刚强的人，老了怎么会是这样？

父亲现在只是维持生命，而且他的生命力很强。

与昌英商量，必须把他接到城里监护，一刻也不能等。

家里没条件护理，就送到护理中心去，我们花钱，老人家不受罪，这是唯一的办法。我已与特护中心联系好了，他这种情况要一级护理，每月3000元。这个钱，短期可以承受，时间长了我们也没办法，昌英说，我们俩四位老人，先后走了三人，只有他了，穷了就穷了吧，也不能让伯伯晚年痛苦。只要他能活下去，就好好照料他。

  我望着父亲，我们已走的三位老人都没有糊涂，清醒地离开人世，怎么单单父亲就得上了老年痴呆呢？

2012年春摄于白沙河李继平家，左边蔡昌元，右边为父亲

  接着我们烧了热水，蔡昌元、杨德禹帮他擦洗，虢光新给他按摩。昌英把他所有夏季的衣服、几床被子洗好。清理所有箱柜。我打扫卫生，每间房子，场院，停车场全部打扫干净。

  昌英煲了汤，烧了许多菜，我准备了好酒，蔡昌元、杨德禹、李继平、虢光新，一家人陪他喝酒。他喝了许多杯，喝一杯，看我一下，表情木讷，只是傻傻地笑。

  我们在伙房生了火，烧了水，给他彻底擦洗。

  明天七月十五，中元节，农村叫鬼节。昌英无论在农村还是城里，每年坚持祭奠。

老屋啊，这个家呀。

黄叶飘零化作尘，本来非妄亦非真；故宅有情含秋色，无名君子湛然身。

四周的山、田依旧，果树少了许多，竹园里的竹子被三婶全部砍走了。家里陈设依旧，没有了犬吠，猫叫，鸡鸣，猪哼，只有老鼠叫，早晨还有许多鸟叫，但门前五棵高大的椿树已被邻居建房砍掉，喜鹊无处做窝，听不到喜鹊声了。

门前的一棵雄伟的泡桐树和两棵篦子杉也被邻居砍了。

夜深了，父亲躺在他自建房后一直住的那间房的床上。

他屋里供着母亲的遗像。老屋里母亲只有遗像了。

我与昌英的卧室，也是我从前的书房，我在这里写过不少文章，两女儿在此屋出生。经过打扫整理后又有了从前的感觉。那时很寒酸，但很温馨，现在寒酸依然，但已没有了温馨。

睡在床上，想这几十年的家，思绪万千。

山夜宁静，梅泉山只有猫头鹰在哀鸣！

早晨父亲在房间一直叫我，我进去，他坐在床沿，上身穿了一件背心，他让我帮他穿裤子。我仔细一看，他把褂子穿在腿上，两只腿都穿进了，还让我帮他往上拉。

我说，这是褂子你不知道吗？他说这蛮好。

我听了一阵心酸。老人家啊，您何以成这样了？

山村里的太阳出得晚，照到梅香泉的时候已是上午九点了。我在屋前屋后转了一圈，拍了许多照片，又给几间内室录了视频，大家在我亲手栽下的雪松前留了影,该说再见啦!

因为路面失修,我与杨德禹的车开不上枣树坡老家,蔡昌元就砍了竹子,绑成担架,又喊了李继平,把父亲抬到河边公路处。父亲坐杨德禹的车,虢光新陪伴他。我的车坐昌英。

上车的时候,他哭了,一直望着他亲手修建的院落。

他也知道,这一走他就不会回去了。

生活了 81 年的白沙河在今天就成了他的不归路。

永兵护理中心只是护理,不治疗,父亲的状况需要护理治疗一体化。保康刚刚建立优抚医院,愿意接收父亲。

下午 5 时,车到保康县优抚医院。人一到,就有几名护士、医生扶下他,放到专用担架上,送入病房。住二楼 4 病室 46 床。

医院设备全部是新的。病室有空调、电视、洗漱间、热水,室内放有两张病床,只安排他一人住。医生、护士都是新招聘的,大家都很热情。

院长说,到这里,你们尽可放心,我们会全心护理的。有病也会治疗。

父亲很幸运,我也很幸运,能有这样的医院帮我照护,让我实现了作为人子的尽孝之心。我得感谢社会的进步,我们生活的时代真好。

鸟缘

清晨的小区，一阵悠扬的鸟叫首先打破了宁静。

一只鸟突然落到我的阳台，鸣叫几声又飞走了。

我感到好奇，推开窗户，阳台上的几盆时令花卉含苞待放。一盆金银花长势茂盛，几乎遮住了半个阳台。

我发现远处有一只鸟叽叽喳喳望着我，焦急地上下翻飞。

我向那盆金银花看去，原来花枝里也有一只鸟正在警惕地敌视着我。它与不远处的那只彼此照应，传递着信息。

我明白了，它们是一对夫妻，在我的阳台花盆里筑巢。

我小心地离开窗户，见没有了危险，花盆里的鸟放心起飞。

我趁机悄悄扒开金银花，花盆里出现了一个用野草做成的爱巢，里面出现了四只鸟蛋。它们是在这里生儿育女啊！

我轻轻地关上窗户。脑海里立刻闪现出一幅小鸟破壳出生的情景。这对恩爱的小夫妻也将做父母了，我想，它们也会与人类一样，充满着喜悦、幸福与期待。

接下来我将调整我的习惯，改变我的作息方式，全力保护它们，为这只将要做母亲的鸟儿提供必备的条件。至少我不能打扰它，尤其是在它孵化期间，我会回避。它在，我会从书房离开，平时我会把窗帘拉严，给它一个安静的环境。

人讲缘，人鸟有缘，我将珍惜这段人鸟奇缘。

但，这是一对什么鸟呢？

观猫戏鼠

家有黑猫，甚是可爱。每天清晨逮一老鼠，总要在主人面前炫耀一番，得到赞评之后，才去惩治它的猎物。猫先故意让其逃跑，然后纵身去抓，反复多次，可怜老鼠已成阶下囚，哪有反抗之力？猫又故作温情仁慈，吻其头托其身，待老鼠再有求生之心时，猫便一口一口把它吃掉。

观过全过程，实为血腥。世上一物降一物，这也该是造物主的本意。

但猫在人的面前都是极为温顺的。城里人兴养宠物，不外乎猫与狗。但那猫狗都失去了它们的本性，成了人的玩物，想来甚为可惜，原来猫与狗也是有血性的。

两个女儿，一个养猫，一个爱狗。邻人遂送来一小狗。

猫可捕鼠，狗可防盗，随爱宠之。但猫与狗却不友好。也许是相互在主人面前争宠之故，双方格斗半日，互不相让，几乎二者俱伤。最后两个女儿解其危，好言相抚，虽不再斗打，仍视为仇敌。

可知猫与狗，原是一对冤家。冤家相居一室，不知此后能否相居而安，但愿下次回家，它们能和睦相处。因为山村对兴旺之家的看法有三宝：猫叫、狗咬、娃子吵。我家已是三宝俱有。

祖坟山上的古树被人锯了

老家来人，父亲带信说，有人暗地锯断了老坟前的古柏。很是愤愤不平。

我在教育局工作时，就有人要砍此树，他们以为李家兴旺，是祖坟好，是那几棵古老的柏树好。祖父祖母的坟，位于白沙河的山岭垴里，小地名叫老哇窝，周围古木森森，不过是一种风景，起衬托作用，与后辈兴旺毫无关系。

树锯了就锯了，有人心理不平衡，让他出口气。如今人心不古，好事办得再多，谁知别人怎么看？为了纪念爷爷、奶奶，让他们在天之灵安宁，明春再栽一些树就是。

这让我想起安徽桐城六尺巷的故事。

康熙时期，文华殿大学士兼礼部尚书张英的老家与邻居吴家在宅基地问题上发生争执，家人飞书京城，让张英打招呼摆平吴家。而张英回馈给老家人的是一首诗：

千里家书只为墙,让他三尺又何妨。

万里长城今犹在,不见当年秦始皇。

张老夫人见书明理,主动把墙往后退了三尺。吴家见此情景,深感惭愧,也马上把墙让后三尺。这样,张吴两家的院墙之间,就形成了六尺宽的巷道,成了有名的六尺巷。这个故事说明,邻里之间相互谦让、相互谅解,就没有什么问题解决不了。相互忍让,退一步海阔天空,便有了如此佳话。

父亲是读书人,明理,听了这个故事,也会一笑了之。

上坟记

与昌英、婷婷、超超去老哇窝给祖父祖母上坟。

上坟，实为祭祖。祖父祖母长眠于此地。老哇窝，突兀于白果群峰之上，背后悠悠一道长岭，逶迤而来，临此处，前面可观马桥以外，左为洞河群峰，右则是莽莽神农架林海。

我不懂风水，但常人亦能看出这里确属一处风水宝地。祖父祖母的坟极普通，没有墓碑，但这里临高云端，视野开阔，有百年古花栎树十余棵，古柏数棵，又有杂树相拥，百鸟欢歌，虽处山顶，却不险。

登山顶而观众山小，山登绝顶我为峰。

祖父去世于1958年，当年不到50岁，我仅2岁。据说父亲寻此地安葬祖父，纯属无意。看地人眼力不错，祖父一生辛苦，英年早逝，辞世后落此福地，也是半世修行。20年后，祖母去世，在此与祖父会合。

此为清静之地，方圆并无坟茔。

带两个女儿共祭祖坟，是为缅怀先辈，激励后生。

祭奠祖父祖母后，去堉里，新奶奶王均凤热情相待。她的长子李广凡、二儿李广儒也从城里回老家过年。早等着我们，借此团圆。广凡带我追思寻旧，重赏堉里的风景，当时明月在，曾照彩云归，青山依旧，几度夕阳。堉里一玩，我联想到陶渊明、王维和孟浩然笔下的农家，似乎走进了明清山水画中古朴、淳厚的农舍。我要写一篇散文，题目就叫"堉里人家"吧。

立高处，观白沙河与梅香泉，有奇山胜水之概。

祖父祖母长眠高峰之巅，一息尚存，我会年年登山祭拜。

一九九五年腊月二十九于梅香泉

在历史的废墟上凭吊

应学生段家炳之邀,重游董家沟。

这是我离开洞河学校之后第二次故地重游。与上次相比又有变化。在老公社的地址上新盖了董家沟村委会,内部设施超过县局级单位,原卫生所的地址是段家炳的两层复式楼房,标准的公路也通到了村委会。只是我工作了五年的原洞河学校更加破败。如今董家沟村已经没有学校。在原洞河公社的地盘上已经见不到过去的影子了。

所谓三十年河西,三十年河东,也就是这种情形吧。

我是自驾游,昌英同行。

上午游览长岭。海拔1800米的长岭,是保康县通往房县的古盐道,斑驳的青石板上演绎着历史的沧桑传奇。

从学校到长岭的一段路,我走过无数次,沟沟岔岔都还印在脑海,不同的是,过去徒步穿行于林间羊肠小道,今日是乘车。过去到长岭是搞勤工俭学,我带着一班初中生,春季是打山货,捡香菌、挖天麻；秋季开展小秋收，捡橡子、打栗子。满山的映山红，霜叶野果，有时也让我激动，却没有情思去欣赏。那时的生活真是单调而艰苦啊。

洞河中心小学 1980 届初中班学生毕业合影

这里有我太多的记忆，遗憾的是当时不记日记，很多只有模糊的印象。历史在这里留下的东西，包括原洞河公社所有的风光都将被遗忘，连我自己在这里的一些生活细节，都是过眼烟云。

洞河中心学校一角

洞河公社从建立到消失，洞河中心学校包括附设初中部，从建立到消亡，辉煌风光50年，这中间有多少值得回忆的事情，现在几乎找不到任何的资料，当年亲历的那些人有的已经不在人间，有的逐渐老了，再过若干年，那段历史也就随之而消亡了，不留痕迹。悲哉！

站在历史的废墟上，我一时百感交集。

2006年夏于清溪河畔

/ 林泉小品 /

家乡情怀天可知

　　新春五天，玩得很开心。形式上与往年没什么两样，相互拜年，鞭炮声阵阵，所不同的是我从回村那天起就与村人融为一体，走邻入舍，这家玩了玩那家，大家同贺同乐，桌上有丰富的菜肴，吃自己煮的白酒，桌下笑语连天，乐呵呵地玩。我似乎又回到了10年前的情景。那时的生活我在《南垭印象》《走进垧里》略有记载，至今还记忆犹新。曾经的怨恨、放弃化为满满的情怀，我对家乡又有了新的好感。

　　白果与天花两村合一，是我的主意。说干就干，没想到得到了县委的高度重视，作为经验全县推广。合村以后，"两委"班子团结战斗，白果很快出现了新的气象。

　　我作为白果人，为家乡的落后而焦虑。

　　这几年，通过县计委的扶持，县扶贫开发办的项目支持和林业、水务、交通、电力等部门的政策支持，公路修通，农村电网改造接近尾声，退耕还林纳入计划，几项相加，投资达1000多万元，作为一个村而言，已相当不错了。

对于家乡的建设，我将进一步努力。

我的计划是协调一些好项目，确定一个重点产业，公益事业上完成卫生室、学校的建设，现在公路已通，但标准不高，还要争取改造升级，电的问题基本解决，今年要解决通信问题。

上述计划实现后，今后还要靠他们自谋发展。

家乡的水哺育了我，家乡情怀天可知。

2002年春节于白果村

/ 林泉小品 /

官山度假村

官山度假村，位于县城东坡，官山与城郊接合部。

度假村掩映在绿树花丛之中，民俗建筑新颖别致，既有田园风光，又融现代文明，小院风情万种，春夏秋冬，各有佳趣。

吊脚楼全部采用杉木建造而成，屋顶上铺盖着茅草。每座吊脚楼自成一体，又相互呼应，形成一个风格独具的小环境。

进入度假村，迎面是一条铺着卵石的通道，一直向前延伸到柳林的深处。顺着卵石铺成的通道，就到了明月楼前。

靠里的情未了楼，茅庐软榻，柳荫遮掩，松柏绿意，花鸟送暖，有情未了。

如在春天，一仰鼻息，就可以在散发着树木、青草、露水与泥土的气息里，醉了人，醉了人心。夏季，浓荫匝地，凉风习习，悠悠乎，不知世间烦恼。

吊脚楼各有小花园，与高大的柳树和浓密的青竹相得益彰，楼与楼之间曲径相通，竹篱相隔。

/ 第一辑 乡愁如烟 /

远看,只有柳树成林,青松耸立。走进林中,风影楼、花月楼、雪意楼、月明楼、情未了楼,就在浓荫间时隐时现。

取风花雪月情未了之意,携情侣或二三知己,入斯楼,顿有花柳繁华地、温柔富贵乡之感。人生苦短,不妨片刻安闲。

曾在度假村夏天避暑,冬天观雪。人生有涯,岁月无痕。

作者留影于官山度假村,背后那座楼应该就是情未了楼

紫薇林记

紫薇林位于保康县城东坡，面积180亩，与山下紫薇生态广场连为一体。广场与园林合一，成为天下园林一绝。

走进紫薇林，各种古老紫薇分布其中。有千年以上树龄的古薇，有傲然挺拔的老干虬枝，有怪异奇形的老树，有秀丽端庄的新枝。置身园内，天下紫薇尽在眼前。

紫薇品种齐全，有白紫薇、红紫薇、蓝紫薇。

谁道花无百日红，紫薇常开半年花。

紫薇花从五月初开放，到火红的七月最旺。

金秋十月，紫薇花凋零之时，又是一番景观，或满树红叶，或叶片尽落，给人一种遒劲的本原的美。

紫薇林始建于2000年冬，当时为专育苗木的林场。

兴建紫薇林之前，这些古老紫薇遗世于荒山旷野之中，默默地开，无声地谢，孤芳自赏。建园之后，群芳争艳，千姿万态，蜂飞蝶舞，造福于人类，充分展示了紫薇特有的魅力。

紫薇林共设有两个入口，其中与紫薇生态广场相接的入口的缓坡地带，以大片色彩灿烂的花卉和植物色带造成气势庞大的"凤鸟"图案，体现"有凤来仪"的主题。

紫薇繁花，曲径通幽。图为高昌英

"凤鸟"也称"朱雀"，从星象上看，它是二十八宿中南方七宿的总称，表示吉祥如意。从方位上讲，有"左青龙右白虎，前朱雀后玄武"之说，设计师巧妙地将该区的方位蕴含其间。特别是动态十足的植物景观，屏而不障，通而不透，形成紫薇林的门户，也是紫薇生态广场的背景。

/ 林泉小品 /

紫薇广场记

登上紫薇生态广场观景台,广场尽收眼底。

紫薇广场位于县城中心位置,东枕官山,西临清溪河,南北开敞,体现了"藏风聚气"的传统文化情结。紫薇广场由核心广场、逸升大道、五品园、儿童乐园、民俗村五个部分组成。

站在观景台,迎面是广场轴心,从科技浮雕墙到音乐喷泉,形成一个轴心,整个广场就围绕这个轴心呈圆形展开。

轴心绿地是五品园。五品园由五个外形相同的圆形花坛组成,分别植有蜡梅、紫薇、桂花、野生牡丹和云锦杜鹃。

绿地由草皮、灌木和乔木组成。春天万紫千红,夏季浓荫铺地,秋日层林尽染,严冬寒梅吐芳。

通往紫薇林的入口,由一个亭廊和一条曲廊组成。曲廊既是广场与紫薇林的一个模糊性的分界,又是一个连接广场与紫薇林的装饰性标志,人们游完广场穿过曲廊就进入了紫薇林。

音乐喷泉由圆形喷泉、条形喷泉和旱喷泉三部分组成,是整个广场的点睛之笔。

保康标志性名片紫薇广场

在条形喷泉的前面可以看到一幅以科技为内涵的浮雕。

喷泉外侧矗立着七星图腾柱，取意于天上七星北斗。图腾柱由汉白玉雕琢而成，上刻五谷、动物与荆楚先民生活和劳动的图景，展示了厚重的楚文化底蕴。

右边是一条逸升大道，取升腾飞跃之意。

每个城市都有自己的城市广场，保康紫薇广场自有它的特点、品位和个性，是保康的标志性名片。

2000年2月于清溪河畔

/ 林泉小品 /

黄龙洞记

黄龙洞位于九路寨风景区霸王河的源头。

霸王河从黄龙洞流出,在洞口形成六级瀑布。

黄龙洞属于喀斯特地貌,因传说黄龙在此居住而得名。洞高约30米,洞中涌出的流水层层叠叠形成高约10米、宽约8米的六叠大瀑布,岩壁和洞口的树就像龙须,巨大的洞口俨然一个巨大的龙嘴,十分壮观。

水从黄龙洞里倾泻而下,在洞口形成六叠瀑布,然后就是湍急的霸王河。霸王河的源头是黄龙洞,那么,黄龙洞的水又是从哪里来的呢?

    天造一个黄龙洞,六级瀑布天下雄;
    借问清流源何许,直通峡江神女峰。

有人说黄龙洞的水来自四川,也有人说来自峡江神女峰。实际上,黄龙洞的泉水是来自九路寨大山的地下暗河。

经探明，洞长 600 余米，沿途跌宕起伏，洄潭密布，钟乳悬挂，姿态万千。洞体由多层构成，前厅宽阔，可容数万人。洞中有洞、洞中有山、洞中有河。其规模之大、钟乳之美、地貌之奇，令人屏息称奇，具有极高的科学价值。

2019 年 10 月作者与九路寨景区总经理卢万武（左 1）于黄龙洞前留影

在历史的长河中，人们赋予黄龙洞以及洞内众多的钟乳石许多美好的传说。洞中各种奇景、暗河、钟乳石多达20处。黄龙洞以其庞大的立体结构、洞穴空间，以丰富的溶洞景观、水陆兼备的游览观光线路，独步天下，被誉为华中溶洞之绝。

王龙沟记

九路寨村委会曲尺垴去王龙沟全长 7 公里,沿途经王家槽口、佟家河、聋家河,过鸡冠石即到。

王龙沟一线风景独特,生态加瀑布,同一种树木,高大挺拔;河窄而直,人在溪边行走,听水观鱼,峡谷小而灵秀,十分清幽;谷内古木森森,藤蔓缠绕,青苔均在寸余,如同绿毯,极富弹性。人从石门过,水在石上流。

溪上有数根古树倒地,形成一种独特的风景,人曰古木横溪。站在古木之上,向上可观瀑布,向下可观小溪。王龙沟瀑布其形如圆柱,状如万斛珠玉,入水收成一股,冲击成潭。水潭深在 2 米以上,碧水白底,透明而绿,小潭四周是平台,光滑如桌。小潭形成小瀑,瀑成小溪,溪又成瀑,左右瀑交叉,构成人字瀑。其特点为:一大瀑一小瀑、一高瀑一矮瀑、一直瀑一斜瀑、一左瀑一右瀑、在此瀑观彼瀑。瀑与树、与溪、与谷、与苔相关联,成九路寨风光之绝。

王龙沟中有一石柱，当地人称鸡冠石。此石一柱雄奇，直指中天，巍峨挺拔，仰视之，叹为观止。

遂命名一柱擎天峰。

第二辑

追思如酒

好想再叫一声伯伯

手机里突然出现了三个字:父亲节。原来还有父亲节啊!

1988年春节和父亲(右)在梅香泉老屋

夜深人静，突然想起了我去世的老父亲。冥冥之中，他就在我的眼前。家乡的风俗，是老大有了孩子就叫父亲为伯伯，老二有了孩子就叫爹，老三以下有了孩子就叫叔，从没有叫爸爸的。父亲排行老大，我一直叫他伯伯。

伯伯——我轻轻地叫一声，怎么没人答应啊？！

喊一声伯伯，有人应时，没觉得多幸福；喊伯伯无人应时，才知道有父亲是多么奢侈的事情。

母亲走了，父亲走了，从此叫一声伯伯、妈妈的权利都被无情地剥夺了。

泪水盈眶。悠悠往事，父母音容宛在。

伯伯，我好想再这样叫您一声啊！

在母亲灵前的人生反思

看着母亲的遗物,看着坚强的父亲,我一时百感交集。

我这一生,为理想和事业,为家庭和个人,艰难打拼,矢志追求,迷惘过,失意过,苦恼过,平庸过,发迹过,辉煌过,骄傲过,涉猎过许多部门,尝遍人情冷暖,写过许多文章,感悟了许多事情,平生愿望实现了许多,还有许多没有实现。我平时与那么多人攀比,以许多伟人作楷模,而我恰恰忘记了自己的父母。

我很少研究我的母亲,思考母亲的操行。

母亲合天缘,死得风光,赶上的都是良辰。

此前,我欲壑难平,满腹的恩怨,不满,怨天尤人。

母亲用她的死,用最后的生命化解了我心中的怨仇。

从今天起,对于欺负过我的人,我将原谅;对于伤害过我的人,我将原谅;对于嫉妒过我的人,我将原谅;对于打击过我的人,我将原谅;对于背叛过我的人,我将原谅。

我体谅所有的人包括那深不可测的人心,善待世间万物。对于我曾经反对、反感、怨恨、失望过的人,我都会重新报以忠爱;对于与我相识相交并肩战斗过的人，对于任何有滴水之恩的人，我要真诚地去报答。我不会再去与人结仇、结怨。不再去攀比。我以一颗感恩的心对待党、国家、社会以及所有需要帮助的人。我会更加珍惜人世间那种叫情的东西，包括亲情、友情、恋情、师生情、同学情、同事情——

2009年5月13日下午4时，母亲逝世，享年74岁。与昌英在灵前陪跪吊唁宾客

    我珍惜所有曾经的拥有，珍惜过去的每一段快乐的时光，珍惜与任何人的那些幸福的瞬间。

    我会摒弃所有的阴暗，留住阳光，铭刻红尘美好于心田。我会改掉我的缺点、恶习，完善我的操行。

    我还会奋斗。

    母亲走了，面对母亲的灵魂，我终于觉醒。

2009年6月于枣树坡

母亲头七祭

亡人头七,农村相当重视,怀着对母亲无尽的思念和敬意,我们对母亲过世的头七也极为慎重。

仍然是晴朗的日子,早晨我与昌英走进母亲的菜园,看到那茂盛的瓜、菜、葱,新栽的辣椒、茄子,还有正在开花的土豆,心中充满温暖。

半亩菜园,十亩庄稼地,这是母亲的全部。

母亲一生的辛劳,快乐,期望,成就,都与泥土有关。

正是麦收时节,母亲坟墓周围的小麦已黄。

麦行中是她生前套种的大豆、苞谷。禾苗青青。

昌英说:"今天我们用劳动的形式为妈妈过头七吧。"

母亲劳动一生,我们以汗水去回报。于是留一人在家,做饭,送水,上午大家一起去地里割小麦,下午又去挖麦行,在新挖的麦行里种上黄豆和油菜。

今后这块田也不会再让父亲种了,但这一季必须种,这是对父亲的慰藉,也是对勤劳的母亲的缅怀。

/ 林泉小品 /

母亲在这栋她与父亲亲手兴建的土木瓦房前留影

她躺在坟墓里,就能够看到绿油油的、金灿灿的庄稼。

劳动的间隙,我们在母亲坟前为她举行头七仪式。

泪已经流得很多了,悲伤只能存放于心中,化为动力。

做好了这一切,我们该回城了,只是,等我下次回到这栋老屋的时候,我就是一个没有妈的孩子了!

2009 年 5 月 20 日于梅香泉卧室

为母亲治疗白内障

父亲身体健康，但母亲日渐衰老，近来一只眼睛近乎失明。春节时尚能摘菜做事，不到半年竟然恶化如此，经与昌英商量，明日必须接到县城治疗。她已70岁，不能再拖。晚上好多人相劝，她不想随同，一是晕车，二是身体不适，担心路上受不住。经我再三说服，表示愿往。

早晨10时离开老家，母亲同行。我一路小心驾驶。下午4时到达县城。此次回家，一帆风顺，天也助我。

午后与昌英带母亲去县医院门诊部五官科检查。

检查结果：左眼视力0.3，右眼基本失明，为老年白内障，随后又做尿检，查血检查肾部情况，尚好。

医生建议，天凉住院开刀，目前太热。母亲晕车，到趟县城很艰难，最好现在动手术。遂与昌英商议，还是现在动手术。

白内障手术不大，成功率非常高，手术只需一个多小时，一般七天即可出院，手术后视力可恢复到0.4左右。

母亲十分担心，我与昌英好言相劝。下午便入院。

　　各种应有的检查完毕之后，眼内科进行会诊。母亲目前心、肾、肝、胃、血压等均正常，各种药物也无异常反应，只是肺部有毛病，为肺气肿，但不影响手术。做了检查之后，我与昌英都长舒一口气，十分欣慰。告诉母亲，她竟然不相信，说医院瞎折腾，医生倒多，都不会把脉，我与昌英笑。

　　母亲长期生活在封闭的山村，四门不出，一生无大病，也没有做过什么治疗，城市的生活与医院的规矩什么都不懂。在山村的家中她是一个朴实的勤劳的主妇，也很坚强，但一离开那种特定的环境就寸步难行。她现在如同小孩，一切都要靠我们照护。在病房不习惯，一离开我们就默然无助。

　　上午9时将母亲送入手术室，10点10分手术毕。

　　手术非常成功。

　　父亲于上午11点半赶到，下午即在医院护理。

　　母亲仍在院治疗，左眼检查已达0.25。这已是不错的效果，再护理一二日即可出院。

　　母亲出院，左眼视力达到0.3。手术后恢复较好，医生说出院服药两三天即可。这样双眼的视力均达到0.3以上。

　　下午带母亲去康复诊所扎银针，做理疗。

　　父母渐老，自然规律不可抗拒，有病要治，让他们活得幸福，假如有一天无治，也要顺从自然。

面对老父亲，好沉重

早晨离开神农架回白果老家看父亲。

回白果陪父亲是我的本意。父亲越来越老了，腿脚不利索，我越来越放心不下。昌英告诉我，她与别人说到父亲。父亲说：我现在好恨彭学凤，她先走了，留下我一人！

听了这话，我躲在房间流了好一会泪。

父亲孤独啊。

他自理能力差，勉强能生活，心里如何不难受？

我们接他到县城过，他不习惯，坚持要回老家。我们不准，他急得哭了。顺者为孝，只能由着他。

我已相继失去了许多亲人。亲爱的岳父岳母，我的母亲都走了。父亲的日子不会很多了，我得加倍珍惜，正好是端午节，他现在一个人在老家，我必须回去。

我给他买了粽子，买了肉，买了油条，买了大米等物品。我还打算给他洗洗衣，搓搓背，剪剪手指甲，下次吧。

回到家里已是11点，他还没吃早饭。

看到他老态龙钟，看到他木然的笑，看到他的慵懒和邋遢，我心里好酸，好难过。

他的今天就是我的明天啊。

见了我，他没想到我会在端午节回去看他。他好高兴。

我给他倒了酒，陪他喝酒、吃粽子。

晚饭对门李继平家接他。他一个人在家，李继平一家照顾不错，左邻右舍也时有关照。他晚睡晚起，一天到晚电视剧陪着他，平时就做两顿饭，烟与酒是他不离不弃的爱物，一只猫，一条狗，分分秒秒陪着他，只要身体正常，小日子倒是不差。但是，没有伴儿的日子，怎么也甜蜜不到哪里去的。我隔三岔五回去，父子对话也不多，多数是听他说，有时见他还去操别人的心，还要数落他几句。以后，他想怎么就怎么，我一切顺着他。

中午，在邻居彭学民家吃饭。我一停车，彭学民就去接我。我叫他舅，又是同学，儿时伙伴。他接我过节，自然乐意去。李继平、蔡昌军两家都准备有丰盛晚餐。我急着返回马桥，盛情也得却。中午他们都给父亲送去饭菜，他吃得很顺畅，早早地就去李继平家做客了。儿子在身边，他就有荣耀感、幸福感、安全感。儿子如果时时在他身边，他也会时时这么荣耀。

我又要走了，走的时候，他拿出平时积攒的鸡蛋，要我带上。我还有几天才能回县里的家，未拿。他就这么提着，看着我上车，看着我把车开走。眼睛木木地看着我，一直……

晚上好友李广凡约了朋友打麻将，我未陪。我与章祖新、王祖昆请张丽、赵刚唱歌、跳舞。还有一向对我很关照的张世荣、孔翠兰、万祖青、肖全梅等女士。午夜尽兴而散。

看书的父亲

但我无眠。

独立窗边,看着窗外的朦胧夜色。想到保康的我的昌英,我的大女儿婷婷和女婿,想到远在上海的小女儿超超,想到独在山村老屋的父亲,我的心无法平静。

我的角色:儿子、丈夫、父亲,我不知道自己做得怎么样。黄龙观村还有一方平台,我的责任、义务一直要尽下去。

人生,好沉重!

壬辰年五月初五于马桥农发宾馆

/ 林泉小品 /

哭斯人　思父亲

下午三点，在淅淅沥沥的小雨中送走学生虢光新。

漆黑的夜晚，我站在楼顶，想到父亲，想到虢光新。一时悲恸无比。这个残酷无情的季节，我送走了82岁的父亲，又送走了一个年仅53岁的学生虢光新。他是我的一个忠诚的很有才气和民俗文化潜质的学生。天妒英才，痛惜！

父亲说他喜欢虢老师，虢光新说，他喜欢爷爷。

难道是父亲带走了虢光新？

父亲得病是在二〇一三年的腊月十三，二〇一四年的正月初九、十七，两次发病之后就一直处于混沌不清状态，不能自理。他得的这个病，让他吃了不少苦，受到了折磨，也让他在亲友们心中的形象严重下降。人们总以为他是在装，变了。甚至我，也曾怨恨过他的。现在才知道，人老了，自己是管控不了自己的。我终于理解了老人。

然而，他的死，却为他争得了尊严。

父亲清醒的时候，虢光新多次陪我去老家看望他，给他洗澡，按摩，代替儿子尽孝。可是我哪知道他也患有很严重的病呢。我还安排他把我们合作的长篇小说《卞和传奇》再修改一遍，修改的部分我都设计好了，改好就再版。且我们正在合作一部新的长篇《乡长的故事》，没想到他会走得这么匆忙！

父亲的丧事我没有通知他。

幸亏没有通知，13天后他就追随父亲去了。

父亲走得突然，很安详，也很平静。临终的早晨，护理员帮他洗脸，喂他面条，他吃了一小碗，喝了一杯水后依然躺着，护理员发现他只有出气没有进气，随即给我打电话，让我立即去看看。我和昌英还在楼上逗赟赟玩，放下电话就去开车，几分钟飞车赶到，父亲已停止呼吸，永远地走了。

我知道他老来日不多，但没想到这么快，与昌英迅速决定，老人遗体送回老家，与母亲合葬。

他选择离世的时间很巧合、合天意，那两天恰好是晴天，按相书，下葬的日期只能在第二天，我们想大操大办也不可能，这就为我们节省了大量花销和精力，而且那天是我舅母的生日，他喜欢的7个妻侄儿侄女都赶去给舅母做生，一听说，都赶来为他送行。他平时喜欢的亲友都到场了。

幺舅说，好人就是好人，李国栋死也在替别人想。

父亲上山的时候一百多人护送。30多个花圈，比母亲少了100多个。父亲当时对我说，你妈妈死得好风光啊，我相信我好事到了也会这么风光。我只是笑笑。

/ 林泉小品 /

父亲去世时，艳阳普照，下葬时同样天清气朗。晚上就下了大雨。如果父亲晚一天去世，就要在家停放七天。

父亲得病一年多时间，自己吃了许多苦，好多人也跟着吃了许多苦，包括刚刚去世的虢光新。我都牢记在心里。

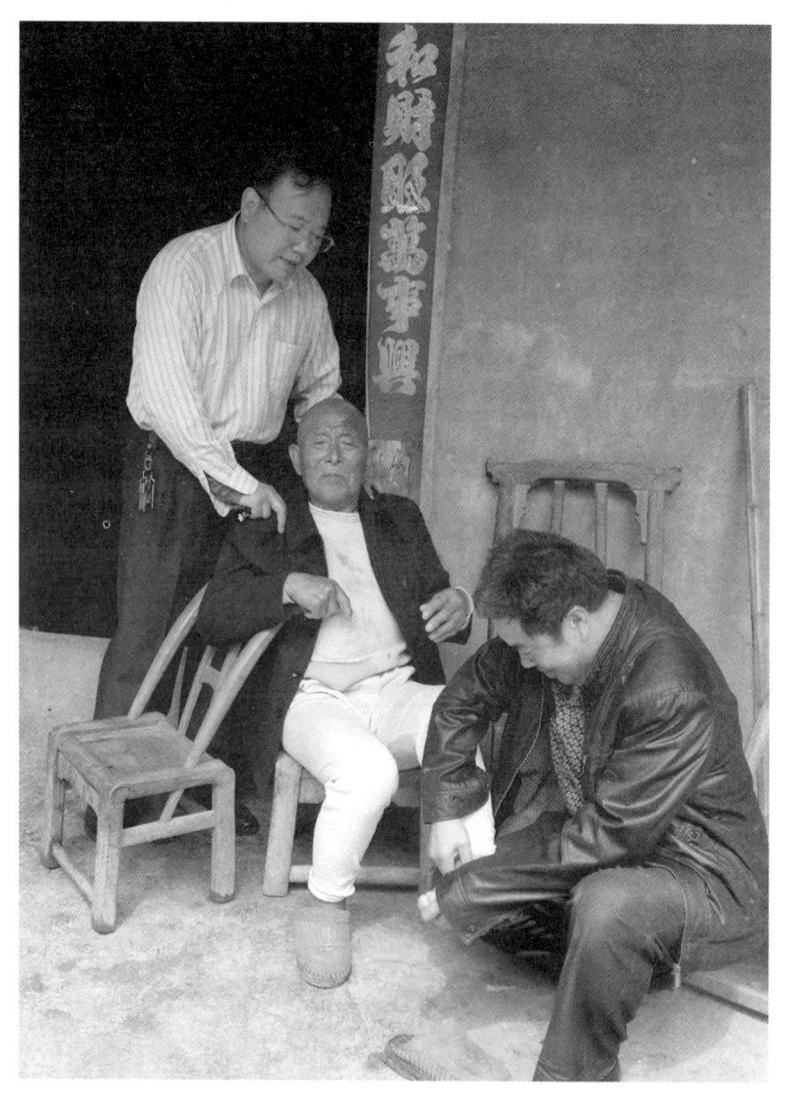

虢光新（右）陪我回老家给父亲洗澡、按摩、讲故事

随着父亲的离世，都解脱了。

我和昌英努力了，代表孩子们，愿父亲一路走好，母亲在天堂等着呢！只是有些愧对虢光新，也愿虢光新一路走好，天堂也有文学，爷爷爱听故事，你就在天堂讲给爷爷听吧！

2015 年 5 月 23 日

/ 林泉小品 /

哭祖母

农历三月二十四夜晚九时四十分,祖母高序梅不幸病逝,终年六十八岁。

祖母高序梅1968年留影于白沙河

连日来，宾客拥至，亲友悲恸，鸟雀唱挽，草木同哀。

出殡时，大雨滂沱，送殡者均冒雨送葬。

落葬时雨住日出，一道彩虹连接白沙河两岸。

墓起，远亲近朋，皆哭拜于墓下。

此时，风雨浸身，山水号啕。祖母之恩惠，人生之生亡，一起涌上心房，顿时心酸难忍，悲痛不已，含泪秉笔，留挽一首。愿吾祖母长眠于九泉，神明于天仙，长存于人间。

祖母，敬爱的祖母呀，您在哪里！

哭祖母

风雨交加泪满襟，奶孙一场从此分。

孙念奶奶在九泉，哭断衷肠见不能。

自古有生必有死，既然有死何必生？

天若有意天着意，佑我奶孙逢来生。

1979 年 4 月 24 日含泪于祖母墓前

大姑如母

立冬节的早晨，不知怎么了，昌英突然想起远在天堂的父母，想起那些远去的甜蜜的日子……

她说，那时候多好啊，生活虽然苦点，但有父母的呵护，生活却是无忧无虑的，现在什么都有了，反倒对什么都不满足，日子好过了，可是父母却不在了……

晚上，她在微信朋友圈里晒出了两张照片和她含泪写下的两首诗，《思双亲》：

一

阴阳两隔十万层，长天难割父母情。
纵使桑田变沧海，父慈母爱永传承。

二

每逢佳节倍思亲，遥望南垭泪纷纷。
我父从政四十载，披肝沥胆怀忠心。

> 我母一生育六儿，含辛茹苦持家勤。
> 留得儿孙家家旺，终生难报父母恩。

面对昌英的诗和留有两家老人肖像的照片，我深感愧疚，一时泪如雨下。两张照片都是我拍摄的。岳父岳母一生似乎没有留下影像，因为他们居住在神农架的泮水乡村，我们家在保康，处于人生奋斗的阶段，路途遥远，往来也不便，除了过年，很少去探望，就是相聚，也很匆匆，大家只顾叙旧、饮酒，谁都没想要合个影，留张照片，以致女儿思念父母的时候，连张像样的照片都找不到。

看着岳母与父亲的合影，万般思念，悠悠往事，一一涌上心头。

岳母李国玉，也是我的大姑，我一直这么叫到 25 岁。

大姑出身地主家庭，大户人家，纤巧柔娜，人却特别地坚强、能干、善良，农活家政，女红茶饭，无一不精。

爷爷弟兄三人，大姑是我二爷的长女，父亲的堂姐。姐弟俩在一栋大院里长到十二三岁，爷爷三兄弟分家后才分开，感情颇密。大姑出嫁的时候，爷爷奶奶带着父亲负气离开家，净身出走，辗转迁到保康。

大姑也是慧眼识英豪，看中了赤贫的高家俊秀高克勤，二人结合之后夫唱妻和，白手起家，从零干起。

我出生的时候，大爷二爷两家都已破败，大姑已有一儿一女两个孩子，因为我是李家长子，大姑视我为己出。在我一岁的时候母亲就上了工地，大姑常常背着比我大三个月的表姐，趁着月光，走十几里山路，赶到保康这边我们家里看她的幺婶，我的奶奶。奶奶接过表姐，就把我交给大姑，大姑就把我搂在怀里，让我吃一顿饱饱的奶水，天刚麻麻亮，大姑又一个人背着表姐，赶回神农架那边的家里。

后来我慢慢长成了大孩子，大姑家就是我的儿童乐园，每到过年，我都要在大姑家玩上好多天，与表哥表姐表妹表弟们总是依依不舍地分别，临走的时候，大姑都要给我的脚上换上一双她亲手做的千层底布鞋，还有她自己做的糖果。

16岁那年，我被推荐上了保康师范，大姑整整哭了一宿。那是高兴，她终于看到家道中落后李家翻身的一线希望，就带信给我，一定要努力，要进步，要为老李家争口气啊。

新中国成立前后老李家发生的巨大变化，我不懂，大姑懂，奶奶和父亲应该也懂。那些欲说还休的家世我是后来才慢慢了解的。

是10月份吧，姑父从县招待所步行八里找到我的学校，代表大姑送给我5元现金。当时我虽然转成了商品粮户口，生活有供给，但身上没有分文的零用钱。那真是雪中送炭啊。那时一角钱可以买不少日用品，5元钱，是个什么概念呢。看着姑父远去的背影，我暗暗发誓，一定努力，一定要报答我的大姑，报答他们一家人。

可是这一天来得有些晚了，等我有能力报答的时候，我的姑父和大姑，也是我的岳父岳母，却先后走了——

我在师范念了一年书，因为优秀，被教育局选中，就提前毕业了，又因为家乡缺老师，就被分配回到家乡教书，一干就是十年。这时表妹也长成了大闺女，高中毕业，进入教育行业。我虽然大她几岁，但小时候一起玩耍，两小无猜，青梅竹马。随着年龄的增长，我们开始相互倾慕,在她20岁那年,终于从表妹变成了我的人生伴侣。我的大姑和姑父也开始实现身份的转换,变为伯伯,妈妈。

岳母与她的两个女儿(左边是表姐高昌菊)二〇二二年八月初九留影于神农架泮水村的高家门口

我是吃过大姑乳汁的,大姑早已是我的妈妈了。

后来的日子我们应该更和谐,我们也应该好好地去孝敬老人,然而上升的路也并不容易,我还要为大姑最初送给我的那句嘱咐而奋斗，很少考虑他们的感受。倒是大姑依然还在想着我们，为我们分担困难，我的二女儿出生后，很多好事都赶到了一块儿，实在无法分身，超超刚满岁就送到外婆家中。那时大姑的年纪也大了，身边的孙子、孙女、外甥都没有去带，却把超超带到两岁半。如今超超事业有成，也做妈妈了，而她对外婆的记忆永远只停留在两岁半。

一九八六年八月初九，于神农架泮水高家门前留影，岳母抱的是小女超超

大姑生养了六个孩子，每个孩子的收亲完聚都是她与姑父操心置办，家道中兴，中年的日子很风光。昌英在她身边生活了20年，

女儿嫁给侄儿，她特别高兴。但是，我们因为相隔较远，一直未能尽到孝道，昌英每每想到这些，都是以泪洗面。这个立冬，又触到她柔软的内心，她的情绪也感染了我。母亲去世的时候，我痛哭着对昌英说，从此以后，我就是一个没有妈的孩子啦，她现在又何尝不是如此呢！

昌英的诗，不忍卒读，对大姑的最好回报应该就是，趁我们身体尚好，好好生活，相濡以沫，牵手百年。

我这一生最幸福，我有两个母亲，大姑如母！

2021年10月8日于襄阳恒大名都

/ 林泉小品 /

哭舅父

舅父高启荣1966年任房县苗丰公社党委书记时留影

舅父高启荣，原名彭学荣，1930年6月24日出生于保康县马桥镇鸡公岭村高桥沟彭府，1980年8月逝世于神农架林区阳日镇，享年五十岁。舅父十二岁丧父，母亲改嫁，两妹一人早夭，一人寄养于家族，舅父十三岁时含泪与小妹分离，被房县阳日区窑湾高建德家收养，养育成人，后改随高姓。1952年3月经党组织培养，先后加入中国共产主义青年团、中国共产党，走上工作岗位，历任阳日区公所组织干事，泮水乡供销社经理、主任，苗丰公社党委书记，阳日区供销社主任等职。

舅父为人宽厚，克勤克俭，忠于职守，积劳成疾，英年早逝。舅父忠孝善良，不仅视养父养母为亲生父母，担当为儿之责，尽为儿之孝，还不忘生母之恩，堂前尽孝，寻找失散亲人，终与小妹团聚。舅父敬族亲，厚邻里，尊妻德，爱子女，1950年与同被收养的舅母高启秀结为伉俪，生育四男四女，共同担当兴家立业、养儿育女之大任。

舅父一生家国情深，鞠躬尽瘁，堪为后辈楷模。

/ 林泉小品 /

悼大师余光中

著名诗人余光中在高雄医院过世,享年90岁。

余光中2017年10月23日刚过90岁大寿。据了解,余光中日前疑似小中风入院,肺部也有感染,就住进加护病房,一直没有再露面,10月23日由中山大学为他举办的庆生会,成了他最后在镜头前的身影。

余光中与李敖都是我崇拜的大文豪,但我最欣赏余光中为人处世的那种淡定、洒脱。一个狂傲,一个儒雅,相斗半生。有人问余光中:"李敖天天找你茬,你从不回应,这是为什么?"余沉吟片刻答:"天天骂我,说明他生活不能没有我;而我不搭理,证明我的生活可以没有他。"

一代风流终散去,激扬文字有余音。狂了83载,世间再无李敖,但余光中的智慧更高一等。

余光中一生从事诗歌、散文、评论、翻译,自称为自己写作的"四度空间"。驰骋文坛超过半个世纪,被誉为"艺术上的多妻主义者"。在现代诗、现代散文、翻译、评论等文学领域都有涉猎。其文学生涯悠远、辽阔、深沉，为当代诗坛健将、散文家、著名批评家、优秀翻译家，出版诗集21部，散文集11部，评论集5部，翻译集13部，共40余种。

文坛大师梁实秋这样称赞余光中：右手写诗、左手写散文，成就之高、一时无两。

我会牢记先生的箴言：长长的路，我们慢慢走。

物质支撑人的生活，而信念支撑人的灵魂。人生这趟旅途，"去向远方"是每个人生命中最浪漫的冲动，也是每个人对抗孤独与现实的力量之源。

我们的生命，短暂却又漫长，短暂的是外在的物质和时光，而漫长的是人的追寻还有信仰。愿所有喜爱先生的人，都拥有美满的人生和丰盈的信仰！

先生走好，让我们永远记住先生的《乡愁》吧！

2017年12月于九路寨景区木楼

/ 林泉小品 /

悼金庸以及那些可爱可敬的人

著名武侠小说家金庸去世，享年 94 岁。金庸是新武侠小说的代表作家之一，武侠小说代表作品 15 部，被誉为"武林泰斗"。今天，他笑傲的这个江湖，结束了。

大闹一场，悄然离去。

抱愧的是我至今没有读完先生的一部作品，怀念先生的最佳方式，就是购买他的书，特去书店购买先生的两部经典小说《射雕英雄传》《笑傲江湖》。阅读，收藏。

时针往前轻拨，远去的背影还能看到：

3月18日，李敖去世，享年 83 岁；

7月11日，计春华去世，享年 57 岁；

9月1日，蒙古音乐人布仁巴雅尔去世，享年 58 岁，代表作《吉祥三宝》；

9月7日，著名表演艺术家常宝华去世，享年 88 岁；

9月11日，评书表演艺术家单田芳去世，享年 84 岁；

9月15日，表演艺术家朱旭去世，享年88岁；

9月18日，著名相声表演艺术家师胜杰去世，享年66岁；

9月28日，著名歌手臧天朔去世，享年54岁，代表作《朋友》；

10月29日，著名主持人李咏去世，享年50岁。

还有3月14日，著名科学家斯蒂芬·霍金去世，享年76岁；8月15日，《樱桃小丸子》原作者日本樱桃子去世，享年53岁。

当你熟悉的、认识的、听说过、崇敬过的人一个个离开，我们更应该保重自己，珍惜当下。

2018年10月3日于横冲景区红楼

/ 林泉小品 /

2014 年，这个世界失去的……

这一年有些人离开了我们：

加西亚·马尔克斯，《百年孤独》的作者，享年 57 岁；

李英，笔名麦琪，《魂系激流岛》的作者、顾城与谢烨长篇小说《英儿》的原型，享年 50 岁；

著名导演、作家吴天明，享年 75 岁；

吴清源，围棋大师，终年 100 岁；

秀兰·邓波，天使在人间，又回到了天上，享年 85 岁；

高仓健，我在电影《追捕》中认识他，享年 83 岁；

还有马航 370 号航班，失联 239 人；MH17 客机坠毁，遇难 298 人；还有发生在我身边的人，还有……

心里好疼。以歌德的诗作为结语：一切，要珍惜。

群山之巅，

一片静谧，

所有的树顶，

你听不见，

一声叹息。

林中鸟儿无语。

只等着，很快地你也休息。

/ 林泉小品 /

悼文井老

据报道，著名童话作家严文井去世。

我最初确立走文学之路的愿望就是因为受到了严文井的启发。当时在洞河深山执教，高考失败，求学无望，同学许年鹏送我一本严文井的童话集《小溪流的歌》，告诉我严文井只读到小学四年级，因为勤奋，成为作家。

许年鹏望着我，人生的路有很多条，写作吧。

我用几天时间就读完了《小溪流的歌》里的全部童话，走写作之路、当作家的愿望在心中萌发。

1979年的暑假，我听从了同窗好友的劝告，在家乡堉里人家写出了童话《时间爷爷》的初稿。那是我写作的第一篇文学作品，虽然没有发表，但它促使我在文学路上起步。

《小溪流的歌》本身并没有对我产生多大影响。我不能忘的，是它在我人生迷茫甚至可以说无路可走的情况下给我指出了一条路。

现在严老辞世,他那个时代的作家活着的已经不多,巴金还健在,他的《家》《春》《秋》就放在我书柜最显眼的位置。

那本《小溪流的歌》还在,我会珍藏。

严老,一路走好!

2005 年 7 月 20 日

/ 林泉小品 /

悼文道兄

一个朋友悄悄地走了。

2007年作者与陈文道（左）、王伟举（中）合影于尧治河散文笔会

襄阳作家协会原副主席、作家陈文道，我最好的朋友之一。他出版的三十余部作品签名赠送给我的就有近10部。我退居二线后，邀请他去我的创作基地黄龙观村挖掘民俗文化，成果颇丰，合作出版了两部作品集。友谊历久弥深。

　　在他中风住院的时候，我竟然没有去看他。如今他的书还在，我们的合影还在。但人已离去。我们再也没有机会合作了。

　　昨天早晨6点在武汉同济医院，文道兄走完了他68岁的人生。他夫人郭老师在晚10点给在上海的王伟举打了电话。

　　伟举兄立刻把这个噩耗告诉了我。

　　隔着屏幕，我感觉伟举的心与我一样在颤抖。

　　他说，遗体捐赠了，也就没有告别仪式了。

　　我想哭，无泪。

　　文道，我的好兄长，你一路走好……

2019年10月15日于保康作家协会

/ 林泉小品 /

维汉兄，走好

深夜零点，一阵刺耳的手机铃声把我惊醒，立马就有一种不好的预感。果然，保康老乡徐世雄告诉我一个不幸的消息，我的洞河老乡、初中同学、好朋友杨维汉走完了他人生的最后一程，与世长辞了。接着就收到了关于他的讣告：

优秀新闻工作者、襄阳日报记者杨维汉因病医治无效，于2022年1月8日13：50逝世，享年64岁。兹定于2022年1月9日下午4时在襄阳殡仪馆举行追悼仪式。

觉是没法睡了，我与他交往四十年的往事一幕幕在脑海里出现，有的模糊，有的清晰，曾记得四十年前的冬月二十七，我出席了他与李财芬在董家沟大山杨家老屋举办的婚礼，而明天下午又要在襄阳出席他的葬礼。四十年的人生有多少故事，都在弹指一挥间，再相见，已是阴阳两隔。

如果上周他打给我的那个电话也算往事的话，那就是我们之间最清晰的往事了。凌晨，接到他打给我的那个最让我心酸泪奔的电话，我一点儿心理准备都没有。电话是从襄阳中医院病床上打来的，沙哑的声音听起来似乎是从天边传来，但我听得出来，是他，杨维汉！

他的声音有气无力，语速缓慢，但很平静。

"修平兄啊，我可能来日无多了，也就最近几天了吧。你们到襄阳来我也知道，一直想接你和高老师吃个饭，但我这个身体不允许，也是怕因为我这个病惊动大家，不好，就一直没有跟你联系，现在看来是办不到了。我给你打电话没有别的意思，你对我最了解，你主编的《马桥镇志》收录了我的生平简介，想请你帮我写个碑文，我死了骨灰还要运回老家的，就埋在我妈坟的旁边，我让杨东找你……"

一九八一年腊月初三在保康教委的书房留影（右为杨维汉）

他的声音越来越微弱，直到什么都听不到……

我已是泣不成声，只能应允，哽咽无语。

其实他给我打电话之前就一直昏迷，那天半夜突然清醒过来，就开始给自己安排后事。我只知他于前年身患胃癌，恢复得不错，一直没有去看他，他却还记挂着我们，谁都念记他是个好人，一生以诚待人，做过许多好事，这算其一吧。

生死自有定数，维汉兄，黄泉路上，你走好啊！

2022年1月14日于襄阳恒大名都之家

悼陈晓旭

林黛玉扮演者陈晓旭因乳腺癌不治逝世，终年41岁。

是曹公笔下的林妹妹还是人世间的陈晓旭？在我的心中，她就是一个活生生的人。林黛玉和陈晓旭都活在我们心中。

电视剧中的林黛玉并不是我最喜爱的形象，但陈晓旭演得好。陈晓旭身前亿万家私，去世前却选择了出家，不解。

人生只是一种过程。过程快乐，人生也就圆满，如此够了。

一声杜宇春归尽，寂寞帘栊空月痕，天尽头，有香丘。

质本洁来还洁去，半弯冷月葬花魂。陈晓旭印证了林黛玉。

繁华落尽君辞去，爱你繁花落尽时，空缱绻，说风流……

陈晓旭留给世人的话题也如林黛玉，41岁的生命非常丰厚。

陈晓旭，与佛结缘，年初皈依佛门，立志弘扬佛法，法号妙真法师。陈晓旭乐善好施，广结善缘，先后捐善款数千万元。出家前癌症已扩散，散尽家产，告别红尘。所余五千万作为陈晓旭慈善基金，济世扶困。伊人已逝，爱留人间。

/ 林泉小品 /

陈晓旭有诗《无题》，发表于 1994 年。饱含禅意：

> 我梦见我去了
> 乘着一缕灰色的云
> 飞过那片阴暗低吼着的海
> 在那荒凉的，悄无声息的彼岸停下
> 这里是，忘川

弱柳扶风，姣花照水，一缕香魂袅袅，翩然而去。

在经历了人生起落，看破了红尘世俗之后，陈晓旭带着如黛玉般的孤寂与洁傲悄然逝去。那一瞬，生命的流转，尘世的渊源，竟显得如此凄美动人。1987 年她与黛玉那美妙的相逢令世人感叹，20 年后她的突然离去，更似那故人的身影穿越了这数百年，空留给世人太多的疑惑，太多的无奈，太多的伤感。

荧屏林妹妹，花逝天尽头，扼腕唏嘘！

2007 年 7 月于官山情未了楼

天堂里的父母

——父母碑文

父母温馨合影

先母彭学凤,生于一九三五年五月十四日,逝于二〇〇九年五月十三日,享年七十四岁。母亲幼年丧父,父亡母嫁,兄妹四人幸存二人，先后辗转由家族领养，十九岁净身出嫁。母亲一生克勤克俭，大集体时终日劳作，联产承包后持家种田，虽未进学堂，老来知书达理，堪为忠厚贤德。

先父李国栋，生于一九三三年六月初九，逝于二〇一五年三月二十五日，享年八十二岁。父亲二十五岁丧父，下有两弟一妹，力担长哥之职。一生好读书，爱电视，善耕种，平生奉中庸，讲孝悌，守仁义，曾任生产队会计之职。

先父先母于一九五四年结为夫妻，伉俪五十五年。一生成大事者，送父母终，操两弟一妹大婚，建跑马阶檐土屋一栋，存良田十亩，育一子，娶良媳。纯朴和善，厚待邻里，耕读传家，受亲友朋邻敬重。父子同德，婆媳同心，城乡两地，同建共创，后辈为学有成，为官有道，终为一方俊杰。

合葬于风水宝地，利泽于子子孙孙。

二〇一五年四月八日立

附对联 2 副：

白沙河梅香泉斯人常在　　　　　　父德山水重
慈善人道德家此风永存　　　　　　母恩日月长
横批：芳泽后世　　　　　　　　　　横批：地灵人杰

永远活在心中的岳父岳母

——岳父岳母碑文

一

先母李国玉，一九三〇年八月初九出生于阳日窑湾碓窝岭，二〇〇六年腊月初六仙逝于神农架泮水村，享年七十六岁。出生富豪之门，十九岁下嫁寒微高家，与先父高克勤共担兴家立业大任，生养四儿两女，饱经风霜，勤俭持家，苦心经营，一生忠孝贤良，上为父母尽孝，下为儿女尽责，夫妻和谐，至爱邻里，宽宏大量，守妇道，精针线，善茶饭，做事精细，对人和蔼。时逢家道中兴，儿孙绕膝，正享天伦之乐时，忽遭夭折，音容难觅。痛定思痛，涕零叩拜，先母风范世人传颂，吾辈永志不忘，特立碑铭记！

/ 林泉小品 /

二

先父高克勤，一九三二年正月初二出生于阳日南垭村，二〇〇一年八月二十一日仙逝于神农架泮水村，享年六十九岁。一生勤劳仁厚，十二岁开始料理家务，十三岁下地耕种，十五岁担当兴家立业重任，十七岁与先母李国玉结为伉俪，膝下四男二女，上孝父母，下亲弟妹，教子有方，凭着坚韧不拔的毅力把一个贫家小户建设成高门大户。一九四九年加入农协会，同年加入共青团，开始革命生涯。一九五四年加入中国共产党，先后担任南垭大队党支部书记、阳日公社主任、阳日区工会主任等职，从事革命工作四十四年。先父性格耿直刚正，秉公办事，清正廉洁，平易豪爽，会锣鼓，乐善好施，爱党亲民，一身正气，堪称为人之楷模，后辈之风范。立碑记怀，愿先父功垂千古！

2022年清明含泪代大哥高昌运拟于襄阳

照片不太清晰，却是二老唯一的一张合影。1999年春节我用傻瓜相机有幸把二老的形象定格在人世间的那个瞬间

第三辑

岁月如歌

记梦（14 则）

一

贾平凹说，记日记就记梦。昨夜有梦二则。

之一：杀鸡获鱼。场景不祥，似在家乡龚家。我与几位少年朋友去龚家，发现狗，狗怕，四处逃。便去抓鸡，一下抓了四只，由别人杀掉，后去白沙河，获鱼二尾。

今表姐送鸡两只。

之二：小岛登船。场景不清。似在一小岛，有许多人，小岛四周皆水，清波粼粼。这时来一大船。有人搭一木板，我便轻松地上了大船。

此梦约在午夜三时。

二

昨夜又梦。

第一个梦，是我攀山，从一条沟里上，几乎没有路，我顺着沟沿，攀着小树，很轻松地上了山顶，但后面的梦有些模糊。接着又进入第二个梦，是我下到一块田里，打着赤脚，不小心脚后跟划了一条长口，是右脚跟，不太疼，没有出血，立即有几人给我包扎，似乎只是用手抚摸了几下，伤口就长住了，隐隐约约有点疼。我继续往前走，尚能行走，准备再次穿林上山，面前遇到一条小沟，我拉住一棵树，一下子就跨过了那条小沟，站在了上山的石墩上，看到后面有人也沿着我走的路登上来，天气很好，前面仍然是山坡，我的脚伤已全好，准备继续上山。这时醒了。醒后脚后跟还有疼的感觉。这是一个真正的梦。

回想过这个梦的全过程。总觉得这并不是一个坏梦，只是脚伤不好解释。还有未解的地方，我翻过了沟，这条沟是什么？我战胜了挡路的"沟"，是因为有几棵树，我拉着树用力而过"沟"，这树是谁？天气好，前面仍有山，我还要继续上吗？梦毕竟是唯心的东西，不去想了。

三

连续两夜惊梦，尚可玩味，记之。

其一：地址不详。走到一高处，艰难地翻过一座鱼脊形山峰，又遇崎岖小路，要到目的地，前面遇一农房阻挡。可穿过农房通道，却是农式厕所，下为粪池，上面仅有两根木杆，而木杆还有大便，正无奈时，头顶却有一绳子，于是手拉绳子，脚踏大便，艰难而过。这时却醒了。

其二：还是攀山，顺利通行。在山腰遇一老者，仙风道骨，身着彩服。有好多美丽可爱的小兔，极爱，捧一只在手，这时突然一只花猫叼住地上的一只小兔，手掰不放，只好用力拍之，结果打在妻子身上，醒了。

四

也许与天气有关，与我的皮肤病有关，老做梦。

梦里总是在攀山。山路崎岖，甚至无路，荆棘丛生，时而钻进林中，时而艰难攀爬，最后的印象是走到了山顶，有时又从山顶上往下滑，有时还在飞。

梦见父亲去世，我哭得好伤心，醒来还沉在悲痛之中。不知何解。老家的地方，梦中总是出现我11岁至14岁生活的那栋草棚，幼时与后来生活的两个地方基本不入梦。

梦见我小说的人物，千姿百态，一副极可爱的形象，后来变成了一只很美丽的狐狸。梦见了云，大大的眼睛望着我，我最喜欢的似乎就是那双圆圆的大眼睛。

还有许多梦，基本上发生在现实生活以外，有的现实生活中根本就不可能发生。梦真是一种奇怪的现象，我无解。

有梦，黑夜才不那么长久。

五

12时达王伟举处，便宴。领取《野山之恋》稿费150元。此稿发表后王伟举重读，感觉大变，初稿是责编看的，他听责编意见，故发了末条。他表示歉意，我无所谓。

在王伟举处见到《三峡文学》第6期，我的小说《夜色温柔》未发。不知为何。

昨夜很清醒地做了一梦。我的一篇小说被收到百花文艺社出版的小说集了，头条。白天还在想这事，原来梦想成假了。

六

昨夜梦见自己生了一个小孩，很痛快，一点也不痛苦。不知可作何解。我想还是心事吧，无非两种，一是胸中的包袱落地，可以无忧无虑；一是事业接近成功，俗话说一朝分娩，十月怀胎啊。

昌英也有一梦，梦见两只手心被什么咬伤，而且流血了。这梦有些难解。昌英看重梦，似乎有顾虑。她常抱怨不该做的梦。我是从不相信梦的。梦毕竟是梦嘛。

七

昨夜有梦,悬崖无路,手扒一洞口,豁然开朗。何解?

八

昨晚一梦:前面是宽广大道,我与谁并肩行,突然前面有河堤,我们上了河堤,再往前走,突然出现一条洪流,水不大,正好挡住去路。这里又有许多人,他们从水上蹚过。我们过去没有?忘了。

这是什么意思?预示着什么?

九

昨夜的梦无头无尾,只记得中间的情节。首先是我站在一棵枝叶茂密的大树下,这时有人来修枝,结果把所有的枝条都砍了,只剩下主干,但主干上还有一小枝。那小枝又似乎是嫁接上去的,一直长得很精神……接着是我要去一个地方,这地方很难走,路窄,多峡,走过了那一段山峡便到了我要去的那个地方。我正要动步,遇到一户人家,人家有四条狗。这四条狗很可爱,它们带着我很快走过了山峡,后来——我醒了。

这些梦可以回味,但与现实不会有什么关联。

/ 林泉小品 /

十

　　昨夜做的梦，是不连贯的两个梦。

　　第一个梦是我驾着一辆黑色轿车，我的前面同样有车行驶。我们在山路行驶，我驾得很娴熟。车开始下山，遇到一条大河，河水浑浊汹涌，我没有犹豫，驾着就冲过了河。又开始上坡……

　　后来就又转换成了另一个梦。黑夜还是白天？场景不明晰。前面在开万人大会，处决罪犯。罪犯中还有我，也没有绑，押送的是我的学生，不知姓名了，我帮他背枪，他打着火炬。我催他赶快走。这时，我才想到要去处决，便对他说，能不能找个人求求情，我还不想死。他说恐怕不行。我说出了几个人的名字，他说都在人群中，怎么去找呀。我也就放弃了努力。最后我说，能不能把我写的小说发了？就是那篇叫《你不该这样背叛》的小说。他说这个可以。人们喜欢读你的小说。我感到心里闷，压抑，就醒了。醒来一看手表，刚好是凌晨四点。

　　这是两个有趣的梦，它在向我昭示什么呢？

十一

　　昨夜做梦。有一"东风"大卡车向我开来，幸有一根水泥杆子挡着，我安然无恙。醒来不解。下午就有应验。《长江文艺》编辑何子英来信，小说《饮食男女》不能上明年《长江文艺》第1期了，甚至连第一季度都上不了。因为有几位名家的中篇要先上。但何子英说，小说一定发，争取第二季度。真是有大卡车撞我，幸有水泥杆子。责任编辑何子英就是那根水泥杆子吗？

我因病住院，名誉、地位、事业，什么都不想了。

十二

昨夜有梦，挺有意思。

其一，梦左臂疼，请教别人。别人竟说："恐要截去。"醒来不解。上午输液，本输右手，我想右手已打三天，就换了左手，而且左手血管好找，结果护士打漏了针，幸有护士长在场，拔针重新打右手。回忆梦中事，真有巧合了。

其二，妻生小孩。但这妻似乎不是昌英，而是另外一个女人。我一直怀疑这个孩子不是我的，不承认，也不要，最后终究未要，后来就醒了。

下午查肝功能，一切正常，肝炎消除，哈哈，肝炎这"孩子"真的不是我的。

十三

昨夜曾有一梦。梦中我驾着摩托，开到一个高坪，前面有悬崖，悬崖下有人向我招手，左边是山坡，坡下是一条小河，很清澈，河里也有人，而且高坪上结有冰。我在高坪上犹豫片刻，就往回开，顺着一条泥泞的路向上开，很快就上了宽阔的马路。马路两边风景很好，有村庄，有农户，有树木。这时梦断。回想起来，这梦很有意思。是要我悬崖勒马？是说我在前进的路上还有泥泞，要小心？是指很快就有光明坦途？

十四

一梦：场景模糊，有山有水，山是大山，水是秀水。雨后的此路，滑而险，我与多人一起同行，先是光滑的泥路，每行一步，都须小心谨慎，必须准确无误地踩在仅容一只脚的小墩上面。我每步都稳稳地踩在上面，过了泥路，然后便是上山，山路崎岖，我十分轻捷地攀行，记不清拐了多少弯，即到山顶，豁然开朗，前面的路宽阔深远，两边青松翠柏，我轻松而行，后来的精彩慢慢在脑海消失。

又一梦，仍是雨后，我来到一条小河边，正要过河，突然河水高涨，清澈的河水一下子挡住了我的去路。这时，一根杉木桐从背后伸向河中，我便坐在杉木桐上，用手一推，那杉木桐便缓缓滑向对岸，我也就轻松地渡过了小河，然而我的一双鞋却掉进了河里，在河水中十分耀眼，后来的情形，忘了。

再一梦，十分清雅美丽的女孩。我好欢喜，她总是妩媚地对着我微笑，然而我们总有一段距离。后来我们似乎都在奔跑，她向我跑来，我也向她跑去。是她追我，我追她，还是她追别人，总是朦胧而模糊。

回到梦中，生活得很甜蜜。记梦，挺有意思。

品茶（4 则）

一

静谧的月夜，独上高楼，遥望迷蒙的夜空，沏一壶浓茶，独自品尝。

总是在索然无味的日子里，才感到独自品茶也是能安慰一颗孤独的心的。

这时，茶的香醇与涩苦似乎都幻化成了风雨人生。那层面上如烟似雾的浮泛，就如这人情世道，看上去深不可测而让人胆怯。

人在欲海，经历越丰，心越免不了要受到各式各样或深或浅的伤害。

有的留下伤痕，有的可能是一些暗伤，有的还隐隐作痛。

这些都使人变得格外敏感。因为人的这颗心啊，有时真的太脆弱了，脆弱到不敌一席清风，更何况，那颗心还带着伤呢！

平安多好！

今日的孤独如我，念天地之悠悠，独怆然而泣下。泪眼蒙眬之中，看着时代挺进，时光飞逝，而我等却以壮年之躯赋闲于清寂，生活于平庸，出入于陋巷，怎能不令人扼腕叹息啊！

那种孤独，是灵魂的孤独；那痛，是穿心之痛。

苍天月夜之下的这一缕清香，何以解忧？

二

茶不醉我我自醉。

酒里乾坤大，茶里往事，历历如数。

曾经有过举杯邀明月的豪放，三五知己，一杯酒，一壶茶，慷而以慨，激扬文字，指点江山；曾经有过红袖添香的浪漫，春天茶园，风景区内，农院菜地，演绎出一段段真善美的佳话；曾经有过众星捧月的荣耀，笔写山水，口颂青史，身陷其政，冻我肌肤，饿我肠胃，劳我心智，虽肝脑涂地而不惜。

然而，云遮满月，雨打梨花，今已不见六朝繁华、两都兴盛、三秋桂子与十里荷花，耳已不闻春江花月夜、霓裳羽衣曲。浩渺天穹之下，群峰环抱之中，独我品茗。无可奈何花落去，一江春水向东流。

这一切如同月沉西楼，呈献于眼前的是一个沉沉的、浓浓的、深深的幽夜！

三

人心易伤，特别地需要呵护；人心易冷，特别地需要安慰。

茫茫夜空，星辰不明前程；众生芸芸，知己又有几人？

路途漫漫，有多少人可以紧随？

唯有这一壶清茶，是可以伴随终生的，唯有这一口清香才是真实的享受。

此夜此月，浅尝慢饮，如临清流，如卧绿茵，如坐观飞虹，如梦游太虚幻境，人间种种烦恼一一远去，此种情境，应是人生极致。

一茶，一书，一兰，一知己

四

独自品茶，让我领略一番清苦，一点孤独，一丝寂寥，冷静地去面对严酷的现实，思考未来的人生，把握生命的航向，我想，这已经很不错了。起码让我能够清醒地感到，人生不仅有阳光雨露，也有阴沉寒风，以便这颗易伤易碎的心能够经受住时风的挤压和飓风的重创。

我独自品茶，从茶的香与苦、甜与涩中，品出了人生的滋味，品得我潸然泪下，而心却在这一刻变得坚硬了。

因为，在这样一个月色朦胧、远离世嚣的幽夜之中，让我体会到了一种禅意、一种哲理、一种超然脱俗的人生情怀。

人从品茶中得到的，不过就是参悟人生、获得心灵的抚慰而已。在我，已经真正地实现了。

处女湖

早春二月，你的梦是蓝色的，风乍起，吹皱涟涟春水。

你明眸般的涟漪，荡漾出萌动的春心。于是我，走进春风，走向夏季。走近你，伊人在水一方。

牧童，村姑，手风琴里复原出古筝与洞箫。

我无意走进，走进你神秘的梦境，招惹一段闲愁。

你说：既已走进，就无法退出。

于是，春风如诉，传递着物语。

春夜正浓，你把月儿藏在心底；黎明，融化成信鸽高飞。蓝天，写着你的志愿，白云悠悠承载着历史的重任。

进入八月，大雁南飞，写成人字，却无人诠释。

有一首小诗，绿色的，在你的方寸吟咏，化成云雀，拖一阵清音，在云间鸣啭，于是大地都变得温柔而朦胧。

我读不懂，但我相信，总有读懂的时候。

五月，石榴火红；八月，桂花传情。

那诗，应该属于——应该属于谁呢？

也许，我不该如此问。你说：问了就问了，该问的总要问。问了，于是释然。是这样，就该早问。

杨柳轻拂，初潮化着春情；满面泪光，洒向原野，长出一片修竹、春草。

芭蕉绿了，樱桃红了，梅子黄时，帘卷海棠红。

夏季，你敞开宽大的胸怀，孕育万物，成熟了，一个母亲湖！

1995 年 8 月 15 日于襄樊 364 医院

望星空

这样的夜，是在金秋。我，还有她，一位名叫小薇的女孩。几乎没有约会，我们走出城市的纷繁，走过人生的郁闷，走出欲望的羁绊，走向一处无名的野地。高大雄阔的山峰，弯弯小河悄悄流过，一座小木桥连接着对岸香火并不旺盛的道观。祖师顶，孤零零地耸立在高高的山头。两个人，非情、非义、非缘，在洞天仙境不约而会，唯其自然。没有月亮，站在桥头，透过两山间的空间，正好观看满天的繁星。

星光，小桥，溪水，清风。夜，纯净得如同正在熟睡。仰望浩渺太空，朗朗夜空，星星密得数也数不清，看也看不透。那都是一些什么星宿呢？我不知道，但小薇知道。她玉手轻指，对我唧唧耳语。那金光闪闪的，是北斗。那带着尾巴的，是天河，天河的两头，就是牛郎与织女，一对痴痴的执着的苦命恋人。纤云弄巧，飞星传恨，银汉迢迢暗度。事实上，他们永远走不到一起。

天河，鹊桥，这我知道。天上人间，古往今来，问世间，情是何物，直教生死相许？细细地观看，真的是一条河啊！那天河也是由无数星星组成的，牛郎在这边，织女在那边，隔河相望，咫尺之间，却是那么遥远，那么渺茫。他们的相见，要等多久，是一年吗？今晚不是七夕，没有鹊桥，他们仍在天河两头，苦等清守。闪闪的光，是相思的泪吗？也许。他们不幸，天上不如人间，我有小薇，就在身边，就在此刻。柔情似水，佳期如梦。

好静的夜，听不到虫嘤，听不到蛙鸣，只有溪水，在轻轻地诉说，诉说一种听不懂的心语。而我，拥有这样的夜晚，星星，溪水，可人，似乎有些脱离尘世，有些虚幻。然而生命充满玄妙，人生处处有奇境。我的心在夜色中溶化，星光灿烂，明照于心，没有杂质。应该没有。

温柔的风，徐徐吹拂，树叶轻摇。

这样的星空，最适合静观；这样的静夜，最适合静坐。风乍起，荡漾着心波，星朦胧，夜朦胧，人也朦胧。她的影，随风而动。我追随着她的幻影，无声地漫步，漫步于溪边、花前、星光之下。不小心踩入草丛，惊起一只小昆虫，是蟋蟀。她睁大眼睛，如那只受到惊吓的蟋蟀，小手本能地伸向我。我捏着她的纤纤玉指，轻轻地一握。柔软无骨的小手，很凉。心呢？也凉吗？蟋蟀安定了，小薇陶然。我缓抚着她的肩臂，传送一点我的力度、一点温暖、一点真情，缓缓走过小木桥。桥下是小溪，不是天河，我想，下次相见大概不需要等到一年吧。但下次，将是何年、何月、何日？我伸手，掬一捧星光夜色，满满的，如同灵性之泉，不枯不竭。可人生，没有定数。

粗壮的紫薇树下，她依干而坐，一会儿抬头看星，一会儿低头看水，最终，深深地、久久地看我。眼波横动，如同天上的星光，溪中的波影，灵润剔透，晶莹浩洁。我不敢拥她入怀，目光投入星空，天上的文字，我不懂。她的身子慢慢地贴近，直到失去距离，小鸟般依偎在我的怀中，一副永恒的醉醉的幸福。血沸腾着，脸，很烫。

夜是静美的，星星是明亮的，而心却是纷乱的。闭上眼睛，我可以触摸到无形的夜，触摸到天上的星。但有一种东西，我未能触摸，是心。人心，是最不可能摸到的吗？夜，如同绸缎般柔软；星光，如水一般清凉；微风的味道好似千年醇酿，清幽绵长，沁人心脾。这样的夜，如能永久，多好！问题是，这世上永恒不变的东西，有吗？

相同的良辰美景，人生不会两次出现。是的，不会。如果可能，我要装下一瓶这样的星光、这样的夜色，封严瓶盖，永远收藏。等到有一天，我走不动路了，累了，疲惫了，再去回味品尝。人这一生啊，有一些美好的经历，有一点传奇，在老态龙钟时细细品味，那是至幸，也是至福！可惜，美景如斯，无法珍藏。它的保持期，只在今宵，此时，此刻。

树叶沙沙，风大了，凉凉的有些冷意。玉露滴在身上，夜开始变得湿润，似乎还有一种不可捉摸的深邃。夜深了，星星该睡了。人呢？也该散了吧。花开有谢时，不求天长地久，只求曾经拥有，该散时，就散。留下曾经牵手走过的小木桥，听溪水去诉说，诉说一段人间偶尔发生的佳话。还有，静夜下这一片星光。

/ 林泉小品 /

尧治河的月夜

尧治河的白天是美的,尧治河的夜是沉静的。

在尧治河养生馆居住,总是看不到月亮是怎样升起来的,但每天晚上它都会悬挂在高高的空中,将一轮金辉洒在水中,洒在树叶间,继而洒在山坡上。这时的山便显得格外的幽深、浑厚、空灵、高深莫测。

尧治河的夜来临了。

因为养生馆建在河谷,我只能看到她的局部,黑暗的部分显得深远,朦胧。但我仍然希望看到一个完整的月亮升起的形象,看到一个月色笼罩的尧治河的形象。真的很希望。

我驾驶着我的帕萨特,沿着洞河的溪水,驶过每一个记忆中的地方。梦中,是那遥远的梦中,我是来过的,是步行,还是踽踽独行,而且一走,就是许多年。那种艰辛、惊惧、饥渴、孤独只有我知道,自然,尧治河人也不会忘记。

我一时有些茫然。

时代进步太快了，尧治河村的发展太快了。

我加大油门，沿着盘山公路，一直开到梨花山顶。

2020年8月24日湖北省作协尧治河创作基地挂牌、保康作协主席团会议及聚力"乡村振兴·抒写时代芳华"采风活动举行

这时，那轮明月正好升上了天空。她在那里等我。

我的眼前更加朦胧。山峰，沟壑，溪流，以及群山环抱的美丽的村庄，阔气的社区、别墅都化成了一种青黛的幻境。

月色朦胧着。

月夜的意境感染着我的情绪。

我的眼里有点湿润。

我突然想起了余光中的诗，那首《乡愁》。

乡愁是一枚小小的邮票。

/ 林泉小品 /

　　这里与我家乡白果村相连,也是我行走过、生活过、战斗过的地方。那么,在这样诗意的夜晚我是来寻找遗留的旧梦吗?还有乡愁?

　　这山、这月、这村庄,都是故地的回忆,是绝版的印记。

　　为什么我眼里总含着眼泪?因为我对这土地爱得深沉。

　　此时,我只想说,无论过去还是现在,尧治河,我都深深地爱着你。因为,尧治河村这邮票大的地方,就是当今中国乡村振兴发展巨变的一个缩影。

　　尧治河,我爱你,就如我爱我的家乡、我的祖国!

2019 年 9 月于尧治河养生馆

在九路寨的木屋看一轮山月

九路寨的一轮山月就这样走进了我的心灵。

夜色中的九路寨,远离了红尘,远离了嘈杂。

山,就那么远远近近地跌宕着起伏着。

鸟鸣,也映衬着绿色,晶莹剔透,四处滚动。

人的一颗心,就消除了疲累,拂掉了名利的灰尘,也变得晶莹剔透了。夜深了,木屋别墅就点缀在山月中,显得那么和谐,和谐如山的一部分,如自然的一部分。

月光朦胧着小木屋。月朦胧,鸟朦胧,人朦胧。

小木屋的四壁一律都是原木色,上面盖着灰瓦,整个房子小巧玲珑,一律的木制品用具,透露出森林的清香。木屋不大,或装点着一个宽大的阳台,或是围着一带栏杆,一律都悬吊在半山的岩石上,看似毫不经意,却又独具匠心。这些建筑,是妙手偶得的,没有人工雕琢的斧痕。

木屋门前是石子铺的路,一直铺进陶渊明田园诗歌里的意境。草木花朵,就点缀每栋木屋的空间,路的旁边,有全开的,有半

/ 林泉小品 /

开的，有没开的花骨朵，摇曳着，微笑着。

花间的蟋蟀彼此唱和，萤光时隐时现。

九路寨的夕阳余晖，月亮正从东面升起

木楼前，石子路下，一座水塘浑然天成，月亮倒映在水中，蛙鼓阵阵，只见月亮摇曳，一泓清水，静若处子。

这样的木屋,这样的地方,是宜于养一片月光的。

空中,月光流洒,一片虚白。

地面,月光在奔跑,在流窜。

草木间,月光在嬉戏,在游玩。

门窗上,月光在悄悄窥探着。

月未醉,人已醺,枕着月光入眠,伴着相思入梦。

2017 年 7 月 19 日于九路寨木屋

/ 林泉小品 /

楚韵亭赋

楚韵亭，辛丑六月奠基，仲秋落成。

一河碧水蓄楚韵，两岸青山衔新城。

飞檐斗拱，雕梁画栋，琉璃金銮，莲花滴水，层叠小亭，坐拥清溪。登亭把望荆山霞，凭栏扶风水中月。

一亭临水，见证山城千秋业；

两岸风云，奠定楚地八百春。

亭立高速路口，展现代城市风貌，彰历史文化文明，寄怀荆山楚源古今，昭彰城乡民俗风情，同绘山城壮丽画卷。

浮雕长廊描古意，牡丹蜡梅映瑞雪。保靖安康，生态宜居，文明县城，全国有名。一生痴绝处，怀梦到保康。

临此镜，微微升风；入此门，渺渺仙尘；醉此亭，郁郁情志，养心安神，曼妙逸永生。

人生短矣，百年不过一瞬；物欲无尽，一日也就三餐。凡红尘俗子，且坐下来，一歇一息，得闲半日，颐养三刻；喝杯茶去，不为利忧，不为名虑，拥健康之体，存快乐之心，人生，足矣！是谓楚韵亭赋。

辛丑年九月题

窗前秋意浓

我是在一种不经意的情况下偶尔发现这个秘密的。那是在一个朗朗的节日的早晨,我推开窗户,让秋天的阳光射进我的书案。我冲了一杯咖啡,热气腾腾的咖啡杯正好对着太阳斜射成一种金黄。我打开录放机,把音量调到可以排除一切噪音的程度。播放的是一首闻名全世界的圆舞曲。

啊,蓝色的多瑙河之波,在阳光下闪闪发光,欢乐流淌。

我的心情好极了。我感到事业和前途的再一次冲刺就要开始了。

就是在这时候,我隐约感觉到了生命的异样。我不知道它来自何处。来自心灵深处、来自身体的某个部位抑或是脑沟里的某个细胞?我感到有一种隐隐的浮躁和疲惫。

恰在这时,一只蜜蜂从窗外飞进我的书房,落在我的头上。我没有立即惊动它。我对着镜子欣赏它在我头上蠕动的飒爽英姿。但我看到的却是一根白发,不,是两根。

我的心猛地一搐。

我的心情在这一刻开始变坏。

蜜蜂，是来向我警示什么的吗？这时圆舞曲戛然而止，接下来是一支舞曲：我的生命之秋。

我闭了双眼，心中感到一种无可名状的悲哀。啊，秋天，山山黄叶飘落，我感到满世界的凋零、荒芜、凄凉，压抑、恐惧与失望油然而生。泪不知不觉地滴落在书案。

这时生命之秋的乐声进入高潮，铿锵的爵士鼓点震撼着我的心灵。我慢慢睁开双眼，重新站起。蜜蜂从我头上飞向窗外，停落在秋天的百花丛中。我走向阳台，走进了另一个季节。

在蜜蜂采蜜的地方，我的眼前蓦然出现了一个灿烂旷朗的世界。一串红吐出一片火红，九月菊铺成满地金黄。我感到世间万物从来没有像今天这样悠远、空阔、透彻、明朗。

这就是秋天了？！而我也正好处在这个季节。

不！我回过头来才发现，我的窗前也蓄满了秋色、秋声、秋景。面对我亲手栽培的一树咧嘴欢笑的石榴，一树红里透黑的花椒，几树青黄相宜的金钱橘，我有一种人生十分充实、饱满的快慰。哦，原来秋天是最美的季节。

我立即把那盆成熟的花椒移进书房。

当我重新进入生命的冲刺状态时，心情激荡如初。我要珍惜这秋天的恩赐。至于头上的两根白发，就让它留下吧。那不也是一种风景吗？在人生与自然的季节变更之际，我愿每一个生命都能在秋天走向辉煌。

1993 年秋于组织部

快乐铭

——题曾宪才兰园

年岁渐高,健康就行。爱不在多,快乐就行。斯是雅室,菊书琴心。夕阳无限好,最美是黄昏。奇石与根艺,样样我都行。闲了浇浇花,散散心。无纷争之乱耳,无病痛之劳形。别人声声叹,我却笑吟吟。李郎云:童心未泯。

戊戌年二月于荆山沮水

/ 林泉小品 /

轻轻地我走了

——别过九路寨

　　轻轻地我走了，别再想起我，就当我从未来过。我只是一季风，轻轻地从你的空间飘过。

　　轻轻地我走了，不过是飞花入水，激不起任何波澜。我只是一季小雨，微微地滋润了你的世界。

　　轻轻地我走了，只是告别一段路的风景，前方依然会有美景。我只是一场雪，渐渐融化在岁月的缝隙。

　　轻轻地我走了，你会依然站在原处，继续与风花雪月同行。我只是一片云，悄悄地飘来又静静地飞去。

　　轻轻地我走了，是否还会有人在意，还是从此忘记？我是一粒蒲公英的种子，依然会在阳光下盎然绽放！

　　　　　　　　2018年3月27日午后于九路寨木屋

清溪河的夜晚

人影绰绰,波光粼粼,灯光璀璨,如此迷人。

清溪河的夜晚,伴着音乐喷泉,我一时诗兴大发,可以对着水面大胆想象。清风一缕,星光无数,伊人在水一方,梦幻山城星光点点。

很想畅游,让灯光一起跟着漂流,河面上的小船欸乃声声,搅动波光缕缕。很想穿越,穿越一河绿水,走向彼岸。

我一个人陶然独醉,一点不想走。我在水岸看水里的风景。看水里的迷幻的保康城市,有银汉灿烂,有我,有伊人。

一条很温馨的河流,一座最适宜寓居休闲的山村。

我在这个美丽的夜晚,心潮澎湃,浮想联翩。

我看水,看水底的景色,看水底的伊人,摇动的波纹,感应着彼此的心扉,屏住呼吸,我期待一弯新月出现。

今夜如此迷人,很想多待一会儿。在山城住了这么久,我不会迷路。第一次在宁静的夜晚,一个人走走。

/ 林泉小品 /

  此刻，感觉神清气爽，心情愉悦，想倾听一朵浪花的歌唱，可是湖面，和我的心情一样平静，不舍离开。

  清溪河的夜晚美了醉了，让我回到梦里，与你温柔，叙说人生最美妙的邂逅。

2017 年 11 月 3 日于清溪河文化广场

清溪河穿过保康县城，夜晚星光璀璨，波光粼粼

蜡梅的品格

蜡梅与梅花都在寒冬开放，具有共同的品格，表达出一种坚强的精神品质。那就是：不惧风雪，坚韧不拔，傲雪斗霜，铮铮傲骨。深受国人喜爱。

保康人喜爱蜡梅，就是要从蜡梅传递的信息中得到启迪。蜡梅被保康人尊为县花。蜡梅体现了保康人民筚路蓝缕、不畏艰难险阻、开拓进取的风貌，象征着保康人民的坚韧品格和气概，寓含着保康人敢为人先的时代精神。

一个有希望的民族不能没有英雄，一个有前途的国家不能没有先锋，一个奋斗上进的人不能没有榜样，一个热爱生活追求高品质的人不能没有寄托。作为文明时代的一员，要始终铭记榜样精神，从榜样身上获取力量，锻造蜡梅品质，不畏艰险，敢于拼搏，勇于奋斗，让人生更有意义。

蜡梅象征着坚强。蜡梅在冬季开花，在严寒时绽放，即使在大雪纷飞下也能傲然开放，卓尔独立，完美地突出自己的独特魅力，所以它是坚强的象征，象征坚韧不拔的品质。

/ 林泉小品 /

图为作者在刘氏梅园赏梅

朵朵黄如玉,淡淡送芳馨。

寒来独吐蕊,芳华留给春。

蜡梅象征着纯洁。蜡梅以自己的高风亮节,凸显出独特的美。它是花中寿星,它的花色纯洁无瑕,即使在恶劣的环境下也能够开花绽放美，完美地体现了它的纯洁品质，激励人们自强不息，坚韧不拔地迎接春天。

隆冬到来时，百花迹已绝。唯有蜡梅破，凌雪独自开。

把玩蜡梅，其实就是在享受文化，享受高品质的生活。

小型蜡梅盆景与蜡梅插花，也是文人清玩。一盆蜡梅盆景，从年头到年尾，置身其中，有诸多的乐趣寄托。在春天，蜡梅抽芽，稚嫩的柔条慢慢生长，叶子一片片长大，最后阔叶定型；到了秋天，叶子由绿变黄，最后在秋风中摇曳，散落，飘零，留下粗糙的骨干；寒霜降临，花骨朵慢慢长出来，在寒风的反复蹂躏下，蓓蕾由小变大，逐渐褪去青衣，缓缓伸展，扩大，最后变成一盆黄花，有香有色，美就这样产生。

眼前花事，人生甘美。这个过程既是静态的，也是动态的，享受这样的过程只有热爱美、热爱生活、心地纯洁的人才能做得到。现代生活节奏太快，只有在艺术欣赏中才可以慢下来，静下来。

2021 年初春于襄阳恒大名都

/ 林泉小品 /

香樟说

香樟，是保康的县树，野生香樟是国家二级保护树种。

香樟四季常青，每年的冬季耐着寒冷为人们带来绿色，花香宜人。香樟木质坚硬，是非常适宜做家具的材质。

古时候，保康的大户人家若生了女孩，就会在庭院里栽种一棵香樟树，等女儿慢慢长大到了待嫁年龄时，香樟树也长得比庭院的院墙高了，那时候媒婆看到这家的香樟树还在，就知道这家还有待字闺中的少女，便会上门提亲。等女儿成亲之前，家人会把香樟树砍掉，做成两个装衣服丝绸的箱子，当作嫁妆，有"两厢厮守"之意。

山里的樟树可以生长到三千年以上。在大自然的锤炼下千百年不倒，可见它的顽强生命，生生不息。

坐定莲花，看云卷云舒，花开花落的境界。不卑不亢，心定而神定，正因为如此，它才成为保康县的县树。

香樟的朴实无华、内敛而又不张扬的品质也值得借鉴。

崖柏说

在黄龙观的夫子岩有一株生长一千余年的龙崖柏。

这株崖柏形似虬龙，凌道当舞，岩上几无寸土，水分不保，而这棵在石缝中生存的崖柏，主干直径竟逾半尺，其旺盛的生命力与沧桑的历史感远远超出我的想象。

在保康大山的悬崖绝壁上生长着许多崖柏。

崖柏源于一亿五千万年前，它与恐龙处于同一时代，是世界"活化石"物种之一，崖柏木质坚硬，是万年长寿之木。

石缝中的崖柏树根、树干，在极端恶劣的环境下生长，集天地之灵气，吸日月之精华，经历崖风强力吹刮，形成了奇特的飘逸、弯曲、灵动的造型，木质密度高、油性大，并有着醇厚的柏木香味，常被用于制作根雕、摆件底座、枕头、佛珠。

崖柏的芳香之气，有利于改善失眠多梦，其香味可使人精神愉悦，还能净化空气。

正是因为崖柏的珍稀，被雕刻成各种艺术品，受到收藏者的青睐，更有一些人受利益的驱动，大肆采挖、盗伐、贩卖，致使其在

/ 林泉小品 /

很多地方濒临绝迹。

我也爱盆景、根雕，但我是一个自然保护主义者，心存敬畏，尊重任何有生命的东西，包括植物，我特别欣赏植物在山中千姿百态的形象。

它们沐日月风雨，吸大地精华，郁郁葱葱地活着，一旦被砍伐，被雕刻，无论怎样的形似神似，都是毫无意义的摆饰。

每当看到一件很有艺术价值的根雕，我就想到它在大地怀抱时的情态，尤其是崖柏，生于悬崖，躲于深山，千年修得成形，本与世无争，最后还是要成为人类的玩物，想来甚是可悲。

不去收藏，不去猎奇，也许就是我们可以保护那些生长极为缓慢的濒危植物的前提。

可不可以找出一条开发与保护的途径呢？

生长在悬崖上的崖柏，在崖柏的上方伴生有金钗石斛，极为珍稀

菖蒲说

在霸王河里有一种植物，常绿，生活在流水中的石上。这就是水菖蒲。

生长在九路寨景区霸王河里的水菖蒲

菖蒲叶丛翠绿,端庄秀丽,适宜水景岸边及水体绿化。也可盆栽观赏或作布景用。叶、花序还可以作插花材料。全株芳香,可作香料或驱蚊虫;茎、叶可入药。

菖蒲是园林绿化中常用的水生植物,品种丰富,观赏价值较高。属于多年生挺水草本,叶剑形,浓绿色,适应性强,具有较强的耐寒性。园林上丛植于湖、塘岸边,或点缀于庭园水景和临水假山一隅,有良好的观赏价值。

菖蒲花语是:信仰者的幸福。

菖蒲是文人雅士案头的必备,是诗人书家的最爱。

菖蒲是我国传统文化中可防疫祛邪的灵草,与兰花、水仙、菊花并称为"花草四雅"。

菖蒲先百草于寒冬刚尽时觉醒,乃蒲类之昌盛者,因而得名。

赋《咏菖蒲》一诗:

荆山秘境灵气殊,霸王河中寻菖蒲。
突现清姿水石间,便知书案不可无。
长与清流结伴生,不染凡间尘与土。
我今有幸娶芳草,不问轩冕名利图。

红叶赋

　　手拥一杯绿茶，芬芳的清香，氤氲的热气与橘黄色的灯光缠绵出一种极温馨的气氛。面前放着一本 15 年前的日记，温暖着这本日记的是一片红叶。

　　我欣赏着红叶，心便融入了故乡的深秋。红叶记录着我甜蜜的初恋，铭刻着我人生中唯一的拥有。

　　月光下的故乡小河，我第一次拥着还是少女的妻走向爱的伊甸园。一缕缕的月光便是我们的喁喁私语。红叶就在这个美妙的月夜作为一个少女的信物，被我收藏。

　　我无法衡量这片红叶给我带来的欢乐。失去红叶或者不曾拥有，那将是我终身的遗憾。那难忘的初恋、那爱的种种滋味与萌动，或许早已被后来无数琐屑无聊枯燥的日子淹没，但是，生活的全部意义不仅在于拥有红叶的最初的瞬间，而在于它维系了两人世界后来发生的一切。

　　红叶代表着一种无比神圣的东西。那是爱，我的永恒。

/ 林泉小品 /

我珍藏着一片红叶,珍藏着一颗忠贞不渝的心。
我深信,这片红叶一定能伴我永夜永生永世!

一片红叶
夹在书中已经很久很久了
她让我想起一段爱情

那段日子
是一段炼狱般的生活
因为这片红叶
苦也就变成了甜

今天再看到这片红叶
几十年前的那夜
原来这样清晰

这片红叶
夹在书中
爱情就躺在我的枕边

这个雨夜让我想到了很多事

又是雨夜。面对良夜雨境,没有等级,没有压抑,甚至感受不到一点尘外世俗的沾染。整个报告文学笔会似乎都是秋雨蒙蒙,这就把我们投入了一个纤尘不染的境界。雨中,珍珠泉方显现出真美,四周湖水荡漾,山中秋色深浓。这使我时时感受到一种诗的意蕴,一种人生的快慰。

平静地写。

没有人来访,也没有一个电话,反而使我感到生活的某种缺憾。报告文学稿杀青,不想再动笔,又想到写了一半的短篇小说。我在小说中编织人生,编织永恒的爱情,也编织我自己的生活与向往。

无风有雨,浓浓的夜空,静得令人窒息,如同每个平平淡淡的夜晚。我从寝室转到会议室,就为自己找到一块更为纯净之地。我成了这里的唯一。

雨停了,夜声如诉,不想写,就静静地坐。

想到了童年,想到了在山中教书的岁月,想到漂泊无定的日子,想到一茬茬的过眼云烟一般的男朋女友。人就是这么怪,有许多事情平时并不在意,甚至很多美好的东西轻易地就被我们打发了,但到了后来却让人非常地怀念。

想到了红霞芳草、牧歌横笛,想到了诗词曲赋、轻歌曼舞,心中格外温馨。

我只知道平平淡淡、从从容容地生活,然而,我却永远无法从滚滚的红尘走入真空,风流永远成为过去,而阳光却深深地埋在了心底。我时常与尴尬为伍,心雨又起,湿了我的梦,是泪,我好孤独,还我少年,还我天真烂漫,能吗?

人啊,为什么会有情?为什么会衰老?!

我从满山荆棘的土路上走过,我一路寻觅追求,走过一个又一个驿站,走得好苦,寻得好苦,但我还要走。

许多美妙的际遇都被淡化,淡化成风,慢慢从心中吹过。"再回首,背影已远走;再回首,泪眼蒙眬。留下你的祝福,寒夜温暖我,不管明天要面对多少伤痛和迷惑。"

我渴望雨后初晴,阳光明媚,山川如洗,在我理想的天地里结交一位永远的朋友。"找一片晴空,打开窗口,让阳光与我握手。"或者"穿过一个时空的隧道,让我回到童年的时光,再次看到美好的世界,充满希望,没有烦恼、欺骗和悲伤,只有快乐、诚实和温暖。"

我深信,人生总会有时来运转的时候,我深信,夜晚总是明月当空、繁星闪烁的居多。

时光如白驹过隙,我知道这美妙雨夜将永远不复存在,新的一天旋即到来。"寂寞的鸵鸟总是一个人奔跑,孤独的飞雁总是愈冷愈多。"明天,面对喧嚣时世和无情世界,我将怎样开始新人生呢?

夜深了,雨停了。我走出房间,走进夜色,远离明星的闪烁。

1991年4月于南漳珍珠泉

/ 林泉小品 /

远古的风

——题奇石荆山玉

远古的风,吹过广袤的江汉平原,在鄂西北的荆山定格。楚先民拓荒辟业,成就八百年霸业。

与女娲的五彩石同在,却长埋深山,幸遇卞和知遇,以刖足之辱、泣血之诚,献于三代楚王,遂成皇家玉玺,传百代兴盛。

一点黄,一点白,吻合成荆山金玉;千年风,万年雨,亿万年地质运动,浸透地气月华。卞和之后,沉睡,一直沉睡,终在今天,太平盛世,幡然出世!

戊戌年五月题于荆山

书香

正在召开的全国两会，节假日问题成为代表委员的关注焦点。不少代表委员建议，把国家宪法日、重阳节、元宵节设为国家法定假日，把 4 月 23 日世界读书日作为全民阅读日。对此，我表示强烈支持。增加假日可提升幸福感。

正好省新闻出版广电局举办全民读书问卷调查，热心参与，认真填写，寄去我的问卷。

书香之家又添一书。女儿李高超寄回由马明博、肖瑶选编的《煎茶日记》一书。这本还是 2006 年 3 月由农村读物出版社出版的书，收有我的散文《坐下来喝茶》。

文章都是可读的美文。很多是名家、专家、爱茶人。这些爱茶人过着令人神往的生活。他们能够从紧张繁忙的生活中找时间，让生活远尘劳，沏上一壶清茶，在茶香袅袅间，纯净心灵，安度身心，享受生活。

这就是生活。有茶香但不可没有书香啊！

关心两会，也是关心百姓生活。关心书香。

/ 林泉小品 /

2016年5月被全国妇联、中央电视总台授予全国"书香之家"称号。保康县妇联主席王颖（中）一行在书房授牌，小赞赞也去抢了镜头

书香是一种什么香？

南宋文学家尤袤把阅读融入自己的血液。说：饥读之以当肉，寒读之以当裘，孤寂读之以当友朋，幽忧读之以当金石琴瑟也！

著名女作家池莉说：书香应是百花盛开的香，既有牡丹，也有菊花；书香应是森林草原的香，有大树，也有小草；书香应是人类和大自然和谐相处的香，懂得相处，自喜欢；书香应是从我们衣食住行的举止行为散发出来的香，庄重、得体，有尊严。

黄庭坚说："士大夫三日不读书，则义理不交于胸中，对镜觉面目可憎，向人亦言语无味。"

腹有诗书气自华，最是书香能致远。

唯有家家有书香，才能成为书香社会。

我期待呼唤这一天早日到来。

书香之家，诗书传家，耕读成为家风

/ 林泉小品 /

她希望读我阅读过批注过的书

　　X.L到我办公室请教一个关于节目主持的问题。我正在读日本小说家渡边淳一的《失乐园》，见我在书页间留下了许多记号，还有旁批，她说，我好想读你读过的书啊！

　　她一副极认真的样子，像个小学生。正好这部书我也看完了，就给了她。几天后她又来到我的办公室，很奇怪地看着我。我问，你怎么啦？她回答道，能把这本书送给我吗？主持人爱读书这是好事啊，但她涉世未深，适合读这类书吗？我这样想，没说，名著是大众精神食粮，任何人都可以吸收、消化。我说，喜欢你就拿去吧。

　　我不只是喜欢这部书的故事情节。她解释道，我特别喜欢你在书里的留言、批语，还有你画出的句子、你喜欢的段落。看着看着我就笑了，看着看着我又想哭，我也好像进入了你读书时的那种境界，作家读书就是不一样，读作家读过的书感觉更是别有一番滋味。

没想到她还有这样细腻的心灵。读作家读过的书，尤其读书人画有印记、有过旁批眉批、留有感慨的书如非机缘巧合几乎很难有可能。我读书有一个习惯，总要准备两支笔，一支红色，一支绿色，久而久之，凡我读过的书都会留下印记，有些书页里写不下，还会贴上纸条，尤其是在读那些诗词歌赋和古文时，读小说留下的倒是简练得多。

我也希望读到作家留有批注的书，遗憾的是没有缘分。金圣叹评点的"六才子书"，我基本上都有收藏，古典文学中最精彩的点评，莫过于金圣叹点评的《水浒》、毛宗岗点评的《三国》和脂砚斋点评的《红楼》。这几部点评本一直是我的枕边书，常翻不厌。是古代的大文豪教我怎么读书。

X.L读过不少书，没想过书可以这样读。她向我索要我写的书，我只是笑笑。作家出了书，一般不要随便送人，假如一天你在废品堆里看到了自己的书，尤其是还有签名，还有盖章，那是一种啥滋味呢？其实我就有一次这样的经历，当时相当尴尬，后来我在废品店里淘到许多大家的书也就释然了。

X.L说，你的书我会珍藏一辈子的。

我不相信永久，更不相信永恒，万事万物都将成灰，化为烟云。诗人臧克家有一句很著名的诗：有的人活着，他已经死了，有的人死了，他还活着。这是一个哲学的概念。我活着，还有人读我的作品，记得某个情节，我的书还在，就满足啦！

2001年5月于官山度假村

/ 林泉小品 /

记得，就够了

清人汪阶说："喜残夜月色，喜晓天雪色，喜正午花色，喜女人淡妆真色。"他把月色、雪色、花色、美人真色视为一个整体，如果不是贪心，他追求的就是至美了。

曾读过一则温馨的故事：短短的一段时光，每一幕都如春天的原野，蜜蜂在花蕊中采粉酿蜜，蝴蝶轻快自如地翻飞于花草之中，鸟儿鸣啭，薄雾缓缓地飘过树林……一切都是如此地美好、纯真，充满诗意。

两个人的故事，但结局却是各奔东西。

是在仲秋的一个午后，一枚美丽的贺卡重重地落在案头。"为了不让你牵挂，请原谅我不再与你联系，当有一天你无法找到我的时候，我可能已在你的眼前消失了。我要去一个很远很远的地方。在那里，默默地，我为你祝福！"

只有祝福，没有伤害，预想友情不会长久高温，于是找个恰当的理由洒脱地退出，这样的人永远值得思念。

曾经拥有，就是天长地久。

记得，就够了！

青春万岁

——洪波《青春日记》序

在一个微雨的夜晚，我读完了洪波青春日记的全部手稿。我推开窗户，夜色空濛，万籁俱寂。望着深邃的夜空，我突然感到有一股热血在涌动，这种激情是多年来少有的了，回望书桌，看到洪波的青春日记，我明白了，是洪波的青春时代激活了我青春的全部存量。

阅读的过程其实也是一种分享，分享他青春期的青涩、苦闷、思考、落寞，也分享他的快乐、才气、情感、知识。

青春应该不只是一段岁月，它更是一种在成长中的担当，拼尽青春所有的勇气，他把青春活成一场对青春的敬畏。人生向前，学生时代是至关重要的，应该如何走，必须用一种青春的心态去规范人生的方向，用一种青春的信念，去化解内心世界认识世界的那些狭隘，珍惜青春经历的往事，也活出青春的喜悦。这本日记提供了一个青春的范本。

洪波的青春日记给我提供了一个全新的学生生活空间。

青春从来就不是一场孤独的前行，世间的善意，同在的风景，包括那些未知的邂逅，还有那许多的未知，世界那么大，为了看世界，青春的意义也就在于让自己拥有更宽阔的视野和更包容的胸怀，淡定而从容，走出自己青春的前进坐标。

现在离洪波记录的岁月似乎有些久远了，但出版一部青春日记是有意义的。它不仅是洪波青春生活的实录，也是那个时代的侧面反映，更是一部当代新时期的《青春万岁》。

2018年12月2日于何陋斋

董卿主持的经典节目

看董卿主持的《故事里的中国》，回顾50集电视剧《渴望》的那些往事，还有围绕《渴望》而发生的故事。

经典总是永远激励我们往回看，向前走。田沁鑫导演的片段又把我带回到1980年看《渴望》的情景。

善良、平凡是永远的主题。

好人一生平安，是经典的祝福。

已经8期了吧，我看了5期，上期的《凤凰琴》是看的重播。一边看一边流眼泪，拿起手机就给刘醒龙发短信，他很快回复。刘醒龙的创作一直是具有正能量的，他是紧跟时代步伐的，与路遥一样，我认为他也应该算得上现实主义创作大师。

《渴望》《凤凰琴》《平凡的世界》《永不消逝的电波》《红岩》《焦裕禄》，是永远不会褪色的经典。

江姐、李白烈士，你们期盼的黎明到了！

重温电视连续剧《渴望》和当年的人生故事，悠悠岁月，欲说当年，豪情万丈，那个时候正是我人生最好的年华。

突然想起《渴望》的编辑，想起《编辑部的故事》的编剧阵营，海马的影视创作室，按照今天的眼光看，机构成员都是大腕名家，王朔、莫言、刘震云、马未都、苏童、史铁生等人，那也是他们最好的年华。就是在北京的茶室里，他们喝着茶，聊着天，完成了《渴望》《编辑部的故事》的经典剧作。

我们也有一个团队，陈可非、张丽和我，将要完成长篇小说和电视连续剧剧本《隐峰》的创作，团队的力量是强大的，我们也会亲密协作。

以梦为马，不负韶华，2020年，我们将用作品说话！

2019年腊月初三有感于保康政府大院

托翁的夙愿

高尔基说,列夫·托尔斯泰是个内心复杂的人。那么托翁的夙愿也该是高深莫测的吧。其实不然,他一生最大的夙愿不外乎两个,而且极其平凡普通。

他的女儿回忆说,先父在一段时间里常问别人有哪些夙愿,人们回答:读音乐学院,成为钢琴家,办音乐会;出嫁,成为富人,子孙满堂;盖新房,按时付税,娶进贤妻等等,不一而足,大部分答案都使他扫兴和失望。

当人们问起他的宏愿时,托翁的回答出人意料:"钟爱人人"和"受人人之爱"。

他的女儿说:"照理他的宏愿大志应是艺术创作,因为他首先是位诗人,艺术家。事实上,他对文学从未像对待这两个愿望那样狂热地追求过。"

"钟爱人人"和"受人人之爱"的信念给了伟大作家以无限的

精神慰藉。他给女儿写信道:"大家,至少我自己觉得,都爱着我,而我也爱着大家。因而,生活是美妙的……"

人人爱我,我爱人人。

1982 年 4 月 14 日

重读《围城》新悟

——由文娟之文产生的灵感

枕边放的几部书，睡觉前都要翻一下，不然就不能入睡，已成习惯。《红楼梦》呀《枕上诗书》就不用说了，最近又对《围城》有了兴趣，有些句子读着读着就乐了，有些对话读着读着就笑了，有些情节读着读着就陷入了深思。

二十几岁读《围城》，常常被钱钟书辛辣讽刺的语言逗得喷饭，跟随作者揶揄书中的人物，调侃芸芸众生，嘲笑世相俗事种种。

人到中年读《围城》，发现钱钟书先生的辛辣讽刺的语言之下，其实是深藏着悲悯与警醒的。他那妙趣横生的语言力量，发人深思。年少不识方鸿渐，读懂已是书中人。人生最大的悲哀，莫过于突然发现自己活成了方鸿渐。

老了再读《围城》，就如登山，一览众山小啦！

《庄子》云："人生天地之间，若白驹之过隙，忽然而已。"人这一生，电光石火，转眼白头。读书思人，方鸿渐不学无术，对

/ 林泉小品 /

事情只三分钟热度，终究一事无成，虚掷时光，蹉跎岁月，日暮途穷。在方鸿渐的人生历程中，我们至少可以看清生活中三个真相。

一是好走的路，都是下坡路。人生如行路，下坡路好走，终点却是无尽的深渊。方鸿渐老本吃尽，折腾到最后连妻子也离他而去，独留他在落寞的时空里体味人生的苍凉。

二是你混日子，日子就混你。你怎样花时间，就过怎样的人生。方鸿渐兴趣广泛，而毫无心得，所谓门门皆通，样样稀松，在国外逍遥自在了四年，临回国买了个假文凭，用来糊弄长辈。他平庸无能，得过且过，工作保不住，婚姻基础不牢固，与妻子争吵不断，生活充斥着一地鸡毛。一个人可以欺骗别人，也尽可欺骗自己，但在时间和现实面前，所有的懒怠、逃避和虚假都会无所遁形。

三是人际关系的本质，是等价交换。方鸿渐与赵辛楣原本关系不错，以前还算平等，后来差距越来越大。赵辛楣在官场混得风生水起，春风得意，方鸿渐却前途黯淡，茫然仓皇。赵辛楣从未流露出优越感，然而他所处的圈子注定他无法再与方鸿渐像从前那般亲密。

各方面都不对等的两个人，彼此之间的关系是很难持久的。能力和自身的资源不行，拥有再强大的人脉也没用。

不要去追一匹马，用追马的时间种草，待到春暖花开。

同一本书，在不同的阶段，会读出不一样的滋味。因为很多事情，要有所经历，才会有所觉悟。

这就是《围城》成为我枕边书，催我入眠的缘由。

2022年1月10日襄阳恒大名都之家偶得

读了一本深情的书

卫淇的《李清照：人生不过是一场灿烂花事》，读了一年多时间，我是在慢慢地品读，几乎篇篇动情。李易安词美，卫淇文美，读书之悦，总是忘我，才能合卷对窗，眼前什么都没有，倍觉凄凉。遥想当年易安晚境，独自苦忧，那一番人生况味，有几人能解？这是一部可以放在枕边的书。

读情诗，我们变得饱满，圆润，拥有果实般的光泽。

我们的爱，在世俗里圣洁，又在圣洁里世俗。

我们的情，像箭一样快捷，又像酒一样酿得缓慢。人的一生不能没有爱，也不能没有爱情——无论甜蜜还是苦涩，爱情的果实，最值得回味的汁液是情诗。

2012 年 3 月于马桥

/ 林泉小品 /

彭学明的《娘》

用几个夜晚,在枕边读完了彭学明的长篇纪实散文《娘》,心灵受到强烈的震撼。这是中国式的《忏悔录》。彭学明的勇气、才华让我钦佩。我从彭学明的叙述中找到了自己的影子,因此更能产生共鸣。

这是我多年以来读到的最能震撼我心灵的伟大的作品。

彭学明的娘是 20 世纪千千万万个中国人的娘的缩影。

彭学明对自己灵魂的拷问、鞭挞、诅咒、悔恨,令世人惊醒。

感谢彭学明用自家的血泪家史为我们贡献一部罕世奇书。

娘啊,为这样的儿子骄傲,安息吧!

2015 年 8 月 3 日于神农架宾馆

读南山如济《岭上多白云》

读南山如济师傅的《岭上多白云》，毕。

一架茅棚，一座大山，一炉香茶。随着书页翻转，我就这样跟随南山如济的足迹，走进终南山，走进终南茅棚，搬柴运水，煎水烹茶，吟读风雅，寻找内心的桃花源。

我也有一座大山，一条小河，一泓山泉，但，那些只在我的记忆里。何时，我可以重新回到那座山里，观景听泉？

人生到处知何似，应似飞鸿踏雪泥。

倏忽一瞬间，一笑而过。

活着需要一点耐心，活得久，才能站在山头，欣赏自己走过的崎岖山路。人的困境可能会持续很久，我所能做的最好的事情就是，找些事做，然后等待转机。

像我这把年纪，人生还有转机吗？

2015年1月于清溪河畔

/ 林泉小品 /

宗卫《一个人的漂泊》的后记让我很感慨

收到彭宗卫寄来的新书《一个人的漂泊》,还有一封信。

这是宗卫的第一本书,散文集。装帧清雅。内容自然也不错,昌英随即读了他写祖母与父亲的文章,我们都感动了。

与彭宗卫(左)在保康茶叶笔会之后留影

宗卫有一位好祖母，与我一样，但他更苦，不读文章真还想不到。文章写得真切，出自肺腑。

宗卫在后记中提到我，而且把我说成"恩师"，并说新书首先要送的就是我，要感谢的也是我。难为他能如此记挂，感恩。

这些年，我帮助过许多人，也改变了一些人的命运，常有人说我是"恩人"。我很欣慰，颇为自豪，但自经历了2003年秋天的那次打击之后，我就看透了许多人，看透了许多事。因此，我现在把过去所做的一切都视为自己力所能及的善缘，不再提及，不图回报。

彭宗卫能不忘，算是真情。

/ 林泉小品 /

我的修养要则

修平,每天都要想想:

1. 热爱生活,珍惜生命,要有紧迫感,不要在晃荡中打发日子了。每天都要想想:今天,我干了些什么?

2. 风度文明儒雅,讲究尊严,作风正派,品行高洁。每天都要想想:今天,我犯了哪些错误?

3. 少叹息,勿灰心,藐视困难,笑迎逆境,保持活力,充满信心,矢志不渝。扎扎实实办事情、做学问,不做则已,每做必成。每天都要想想:今天,我是否产生了惰性?

4. 坚守做人正道,以诚待人,违理必争,生活节制,恪守法规,修身养性,强健体魄。每天都要想想:今天,我的生活是否越轨?

5. 励志以学,博览专攻,为文正道,扬真善美以弃假丑恶。每天都要想想:活着,能否给人贡献一滴奶汁?死后,能否给后人留下一片阴凉?

6. 时刻牢记父亲的教诲,人生三稳:手稳、口稳、身稳。

晚上就着煤油灯，昌英忙着赶针线活儿，我听收音机的轻音乐，想到《修平：每天都要想想》的修养要则，心里又有许多感触。想到家，又有了责任感，于是再补上几点。

1. 孝顺父母；
2. 关心妻子；
3. 勤俭持家；
4. 邻里和睦；
5. 注意农村风俗习惯。

对于家庭，他人感觉其美满的有6条：

这个家庭是过日子的样子；家人和和美美，不吵架；经济独立，宽裕；养成良好的家风，言传身教，关心子女，子女有教养；家庭布置井井有条，使人愉悦；亲戚、邻里关系处理得好。

1983年1月2日于洞河学校

/ 林泉小品 /

西藏，我来了

啊，我终于走进了神秘的西藏。

中国国际航空公司830飞机。飞机在空中飞行1小时50分钟，上午10点准时降落拉萨贡嘎机场。

西藏给我的第一印象就是苍凉，天很蓝，白云朵朵，静止般悬挂在空中。在机场略有高原反应。我们饮了防止高原反应的口服液。

随后分乘3辆轿车开往山南地区。公路沿雅鲁藏布江而下。

一小时余到山南地区，住湖北援建的山南宾馆。

山南不大，一座新城。

午后4时从山南前往琼结县。山南至琼结仅27公里，沿雅砻河而上，公路很好。两边仍是黑褐色的秃山，沿河两岸是农田，种的都是青稞，有少量油菜。青稞正黄，已是收割季节。公路两边有少量杨柳和加拿大白杨。

会后参观藏王墓群，瞻仰松赞干布和文成公主像。

饮青稞酒，跳西藏舞。后返山南宾馆下榻。

站在西藏的贡嘎机场的那一刻，头顶高原的一片蓝天，手握一缕白云，我知道，今生我是真正进入西藏了。胸前的哈达，是我至今感受到的最为纯净的洁白，而"扎西德勒"则是我至今听到的最为新奇亲切的祝福。

梦里多少回，我飘入了雪域高原。珠穆朗玛峰真高，高原红的歌声真美，糌粑和酥油茶真香啊！

夜晚有点凉，我走进山南宁静的街道，贪婪地感受着这个神秘陌生的世界，不停地捕捉周围的每一处新奇——一根小草、一只飞鹰、一粒昆虫或一块奇怪的山石……

西藏，我来了，扎西德勒！

2005 年 8 月 10 日于拉萨行桃宾馆

/ 林泉小品 /

触摸香港

7月28日上午8点,来自祖国内地20余个省市及港澳台130多名作家、诗人、画家、书法家、音乐家和新闻记者,在深圳龙华广信宾馆大厅集合,分乘四辆豪华大巴客车,从深圳皇岗口岸进入香港。

大巴车沿着双向八排道的柏油路前行,临近市区时,双向八排道变为双向六排道。中间经过红磡海底隧道,之后进入九龙半岛。首先映入眼帘的是香港环球贸易广场,香港的第一高楼,118层,是香港的新地标。旅游大巴慢速翻越太平山。在太平山可以鸟瞰东方之珠全景,这是欣赏香港夜景的绝佳位置。

大巴车在香港的风水宝地浅水湾停留20分钟,领略欣赏浅水湾风景,感受滚烫的沙滩。之后,香港导游把我们带到位于维多利亚港的香港会展中心。会展中心前是紫荆花广场,广场很小,游客很多。

下午是这次活动的中心。

组委会在香港寿臣影剧院举行隆重的颁奖仪式。中间穿插歌舞表演、书画表演、诗歌朗诵等节目。活动组委会为这次活动设了十大奖项。我的短篇小说《纪委书记》被评为特等奖,个人被授予"杰出作家"荣誉称号。我发表获奖感言,表达了对作家报的谢意和对香港的敬意。

颁奖仪式之后,大家兴致勃勃地乘坐游轮欣赏维多利亚港的华丽夜景。夜幕降临,华灯齐放。维多利亚海湾四周五彩纷飞,流光溢彩,波光潋滟,美轮美奂。劈波斩浪的游艇载着我们在海湾破浪前行。海风吹拂,荡人心脾,四围高楼,星汉璀璨,水天一色,恍如仙境。

紧张的一天就这么过去了,白天的美好经历让我一夜辗转难眠,但接下来的29日就让我有些难受了。风情四射、利齿锋牙的导游从昨天就开始打伏笔,给我们洗脑,引导大家如何去购物,如何感恩,如何生活。

我们先是被引进金银珠宝店,立马就有漂亮的导购为你作讲解,语言甜蜜得可以把你融化,接着是工艺品店、巧克力店,中午抢着吃点团餐,马上又进数码相机店、金表店,最后是百货超市。每进一个店都有时限要求,小小的店铺就是索性不买,也要在里面度过一两个小时的时光。说实话,都是零关税,想买东西还真是走对地方了。我不是铁公鸡,情绪上有抵制,面对好东西还是心动,给赟赟买了巧克力,还买了一台德国莱尔摄像机。没现金不是问题,有银联卡一刷就行。这一天真让我领略了"购物天堂"的魅力。

总算到点了,下午5点,当我们走进香港去澳门的海关回望身后的东方之珠时,心情仍然难以平静。再见,香港!

/ 林泉小品 /

匆匆深圳

在珠海通往深圳的广深高速公路，汽车摆成了长龙，像蛇一样爬行。我在罗湖火车站下车，然后乘坐一个多小时地铁，赶往宝安国际机场T3航站楼。

来也匆匆，去也匆匆，深圳的魅力仍然强烈地冲击着我。

深圳是中国第一个经济特区。从中国南海之滨的小镇，到一座世界级大都会的现代化城市，深圳是中国改革开放和现代化建设的精彩缩影。作为改革开放窗口和新兴移民城市，加之独特的地缘和人文环境，造就了深圳文化的开放性、包容性、创新性，是最适宜海内外英才创业拓展的活力之都。

第一次踏上深圳的土地已是18年前的事了。

那年，我负责主编《中国保康》大型画册。为确保质量，画册放在深圳的印刷厂印，我因此有机会走遍了深圳当时的所有景点。锦绣中华、世界之窗、大小梅沙、航母乐园、何香凝纪念馆、中英街等，登上地王大厦的最高层，俯瞰深圳全景。时隔一年，我随保康城市建设和旅游考察团，再次踏上深圳的土地，从此拉开了保康城市建设和旅游发展的序幕。

保康有许多人在深圳发展，不乏成功人士，不少是我的朋友。丽丽告别保康解说员队伍的时候，正是我在保康风生水起的日子，她走了，把青春的活力献给了深圳这座新兴的移民城市，我在小说《深圳的永康女孩》、散文《与美眉品茶》中诠释过她与她的战友们的美好的故事。

汽车和地铁一样的四平八稳，我在车里有时间回味"庆祝香港回归20周年"文化活动那些过往的瞬间，手机微信里不断跳出文朋诗友们的信息。大家都在晒这次活动的靓照、晒一路拍照的美景，有的在报告自己的行踪，相互留一些情深意切的赠言。本次活动我们有一个微信群，是作家报编辑部主任房荣丽建的。作家报这次出动了多位我的旧友，多年的友情，在特定的地点特别的日子相见，就格外亲切，值得珍惜。

是夜，深圳飞往襄阳的ZH9339航班，飞机爬升到万米高空，机舱外一片混沌，透过茫茫夜空，在中国的南方，我仿佛看到了维多利亚港的湛蓝、澳门岛的辉煌、珠海渔女的优雅、深圳孺子牛的奋蹄。

一次的采风与旅行，让我感到做一个当代中国人的幸福和自豪！

2017年8月5日于荆山楚源

/ 林泉小品 /

草原之夜

瞻仰成吉思汗陵,听讲解员解说,我对成吉思汗更生敬畏。黄河流经包头,大青山脉穿越内蒙古。

从左到右邓明昌、李明国、李修平、徐海斌、孙然留影于包头昭君广场

午后开往呼和浩特市，晚进入武川县希拉穆江草原。

进入草原，心情激动。借夕阳在草原狂奔，留影。草原有骏马、羊群，平原广大。但只有浅浅青草，几乎看不到飞鸟，更无野兽，这与我向往想象的大草原相差甚远。最美的草原不在这里。但我们毕竟到了草原。

晚住毡包，但这里不是牧民的毡包。这一带有十几家度假村，我们下榻的是召河镇青格里塔拉度假村。

平时爱唱《敖包相会》一歌，原来敖包只是石头垒成的小包，是牧人防止迷路而设置的。

度假村里有蒙古族同胞，有马头琴，有歌声，有马奶酒，有羊肉，都是为游客而准备。

草原之夜特冷，早晚必须租大衣。

草原之夜的确让人心醉。

2010年8月13日于希拉穆江蒙古包

新疆一瞥

飞机飞过天山。

空中能见度不是很好,仍能从机窗里看到露出云海的天山山峰。飞机下如同棉絮铺成的海平面一样,露出海面的天山峰峦耸立,如同小岛,小岛也是白皑皑的雪山,看起来十分壮观。

飞机降落在乌鲁木齐机场。到达新疆的土地,大家心情都十分激动,在机场留影后便换登机牌,7点登机飞往库尔勒市。从乌鲁木齐飞往库尔勒只需40分钟。飞机在蒙蒙夜色中飞行,降落库尔勒机场时,天还没黑,在保康人们就快睡觉了。祖国之大,令人敬仰。

库尔勒属于塔里木盆地,南面是塔克拉玛干沙漠。

12点乘车到达慰犁县的罗布人寨。已没有罗布人在这里居住,这里只是按古罗布人生活情形布置的旅游景点。我们分别参观罗布人寨,看胡杨、红柳,拍照。乘坐沙漠车兜风。

这里的胡杨很美。这里的红柳很美。这里的沙漠很美。

塔里木河水很美。还有壮阔的戈壁滩。后驱车前往焉耆。

午餐后游博斯腾湖。博斯腾湖是世界上最大的内陆淡水湖,湖面开阔浩渺，四周是芦苇荡。

在湖边参观留影后离焉耆，返库尔勒市，再次飞越天山。山峰、雪景、云海，十分壮美。正点到达乌鲁木齐机场，8点登机飞向喀什机场。保康人张已在机场迎接。

上午游喀什香妃墓、燕提尕真寺、葛尔老城、喀什大巴扎。香妃墓叫阿巴克霍加麻扎。参观馕坑，品尝馕饼。

与彭宗尧、侯建锋、李明国留于天山天池

喀什是维吾尔族最集中的地方。维吾尔族女孩叫古丽，十分漂亮，尤其是那黑黑的眼珠，长长的睫毛，让人喜爱。

下午4时离开喀什，一个半小时到达乌鲁木齐机场。

/ 林泉小品 /

10月27日上午10时从乌鲁木齐出发，前往吐鲁番。

车过达坂城，想起那首著名的歌曲《达坂城的姑娘》，随停车。这首歌是王洛宾为了鼓舞修筑铁路的军人而创作的，这一唱却成了经典名歌。而且，达坂城的风力发电厂十分壮观。

在吐鲁番重点看火焰山、葡萄沟和坎儿井。火焰山是《西游记》中导致孙悟空大战铁扇公主的地方，夏天高温60余摄氏度，取名火焰山可谓名副其实。在火焰山乘坐滑降机，别有风味。

午餐后参观坎儿井，在维吾尔族同胞家品尝葡萄美酒。

28日10点起床，乘车游天山天池。

天池，就是传说中的瑶池，是王母娘娘召开蟠桃会的地方。在新疆，很多传说都是来自这个地方，包括梁羽生的《七剑下天山》。天池静美，四周全为白雪覆盖，神圣、纯洁。

中午在哈萨克族同胞家中尝食全羊，听冬不拉琴。

新疆是个神秘神奇的地方，还有那拉提草原、喀纳斯湖、伊宁、罗布泊等地，如果有机会，我还会来的。

新疆有歌：吐鲁番的葡萄哈密的瓜，库尔勒的香梨顶呱呱。

新疆，再见了。

晚乘火车前往敦煌。

2010年10月11日于敦煌

游洛阳

洛阳位于河南省西部,黄河中游南岸,因位于洛河而得名,有"九朝古都"之称。曹植作《洛神赋》,洛水闻名。洛阳牡丹,国色天香,自古就有洛阳牡丹甲天下之说。洛阳唐三彩,浑厚高雅,被称为东方芝海明珠。

游关林、龙门石窟、白马寺、广北寺、塔林、少林寺等名刹古迹,看洛河、伊水、香山、嵩山著名风景。

在龙门大桥留影,大桥凌风作架,左为香山,为白居易晚年隐居之地。右为龙门山,龙门石窟于此山腰。石窟凿于北魏迁都洛阳前后,历经东魏、西魏、北齐、北周、隋、唐,前后营造达400年之久。石窟雕于伊河南岸的峭壁之上,全长1000米,现存佛龛2100多个,佛塔40余座,碑刻题记3100余件,造像10万余尊,其中最大的高17.14米,最小仅2厘米。主要洞窟有古阳洞、奉先寺、莲花洞、万佛洞、馆中洞等。为世界文化遗产。

面对洞窟,倍感中华民族文化丰富,古人伟大。

/ 林泉小品 /

  到中原必看嵩山少林寺。少林寺离洛阳70公里，在登丰县内，现已划为郑州管辖，不再属于洛阳地盘。嵩山为五岳之中岳，由太宝和少宝两山组成。此地自古名人荟萃，历代帝王将相，文人学士，高僧名道，留下了不少名胜古迹，如少林寺、中岳庙、嵩山书院等。少林寺有山门、天玉殿、方丈室、达摩亭、藏经阁、千佛殿、白衣殿、地藏殿等。

  我对少林的了解仅限于少林的武术，而少林的精髓在于佛教文化。碑廊中有唐太宗李世民碑文，留有李世民三字手迹，据说签字留名从李世民起。

  少林为"天下第一名刹"，但我等只能看热闹，算是到此一游吧。了却心愿，到了少林寺，到了嵩山。

2003年5月于洛阳

鹿门山纪行

游襄阳鹿门山留影

/ 林泉小品 /

  与文化新闻界同仁游览襄阳鹿门寺，游览中初识电视台主持人杨敏，我们一路相伴，交谈的话题全是文学。

  鹿门山茫茫森林和鸟鸣山更幽的环境令我神不守舍，脑海里总是出现孟浩然《夜归鹿门歌》的情景：

> 山寺钟鸣昼已昏，渔梁渡头争渡喧。
> 人随沙岸向江村，余亦乘舟归鹿门。
> 鹿门月照开烟树，忽到庞公栖隐处。
> 岩扉松径长寂寥，惟有幽人自来去。

  鹿门山自汉世祖刘秀游历之后，历代文豪多到此一游，如李白、杜甫、皮日休、诸葛亮、庞统等，大诗人孟浩然更是隐居深涧，终老山林。他的"襄阳好风日，留醉与山翁"一句，成咏襄阳之绝唱，千秋传颂。

  登上鹿门山顶，江汉平原的景色与襄阳市貌尽收眼底，"江流天地外，山色有无中"的汉水浩渺飘逸。站在山顶我突然想到登临秦始皇陵时的那种感慨。那一刻我的心已经超越自我，升华成一种无穷的力量：我也可以征服这个世界！

  古人为什么要寻找一些偏僻幽静的山林隐居？这恐怕不只是当时的一种时尚，有的是修身养性，以待明君，有的是要走终南捷径，有的是淡远俗世、淡泊仕途，有的是专心创作。不管从哪个方面讲，这都是一种积极的人生。

  杨敏做过孟浩然的节目，我们一路谈孟浩然，但更多地是在说我。她读过我许多散文，还记得其中一些篇名，尤其是我的几篇小说，她竟能娓娓叙述其中的情节。她是一个纯真的女子，纯真到玲珑剔透，无以复加。去年腊月，他热恋中的男友去保康参加一个会议，临行前她交给恋人两个任务，一是拜访写文章的李修平，二是去看绽放的蜡梅。

杨敏正处花季，蜡梅与作家都是她心中圣洁的意象。男友自然忠实地完成了任务，这也让我深信，所谓清纯皎洁的女子，这世上是存在的，只是有没有缘分碰到。能在诗襄阳隐居的鹿门山遇见这样的女子，也是人生幸事。

把淡泊无为的李修平与古拙高雅的蜡梅并论，杨敏第一人也。为此，我深深地感谢并永志不忘。我就做一株蜡梅吧，在山崖溪畔找一处自己的位置，默默地扎根泥土，有荫有格，逢雪开花，迎春而果。

从古至今，达官贵人流芳于世的能有几人？皇帝名臣能被人提及的也不过如凤毛麟角，而在襄阳却有诸葛亮、孟浩然、米芾"一圣两襄阳"闻名天下，能够留在人们口头与心中的还是文化人，时间不废古人，历久弥香，越来越闪现出耀眼的光彩。因为孟浩然，杨敏就特别喜欢鹿门山。

鹿门山的确是值得孟浩然隐居的地方。

1994年4月20日于襄阳鹿门寺

/ 林泉小品 /

雨林印象

　　保康第二届蜡梅节暨李修平散文《牵手》研讨会已经落下帷幕，与全国梅花蜡梅界和文艺界朋友相聚山城，是我人生中最大的快乐，女作家中相识雨林，也是一件幸事。早就听说她的新闻写得多么好，我还真读得不多。曾有朋友说起她，都是赞赏的口气。蜡梅节开幕式那天，天气十分的寒冷，她戴着一条红围巾，拿着数码相机，独立风中，卓尔不群，与盛开的蜡梅花比肩而立，玉树临风，联想到她的才华，竟无语可颂。

　　《牵手》研讨会上，她文静地听着别人的发言，不时送给我一点赞许。她不时给我发来一幅图片，都是会上发言的特写，我在心里确定，她必是一位善解之女。会后她送给我几本由她主笔的《旅游生活》杂志，不仅文章多是她写，编排亦都出自她手，读着那些温馨的文字，心中也时时生出一丝暖意。研讨会后，我们通过QQ、微信交流，谈人生，谈生活，也谈时事与官场，几乎无所不包，多是她在安慰鼓励我。

常拥百种沿江草，始知幽兰一箭香。人生能够在事业转身之时遇到知心知己的人，当是福气。

2011年1月6日在《牵手》研讨会上与襄阳女作家萧雨林、晓梦、王建琳、赵英华、张雅萍合影（图中从左到右排列，左3为作者）

/ 林泉小品 /

神农架自驾游

与妻子在神农架大九湖湿地天问湖留影。摄影的是8岁的长孙李孙高越

天气晴朗，一派春光。

保康、马桥、阳日、松柏、宋洛，全程210公里，晚7时抵达神农架宋洛乡。晚餐安排在农家。爆炒鹿肉，清炖小鲫鱼。

早餐为玉米馍、荷包蛋。在后河边小玩，柳林成荫，河滩有奇石，河流清澈，艳阳高照。

午后离宋洛。一路风景秀美，密林翠绿，清风送爽。

车过燕子垭、天门垭。

下午到达红坪。游森林公园犀牛洞景区。入山门后，拾级而上，钻通天洞，观乌龙绕柱，赏情人岩，越吞云崖，探古犀牛洞，观化石陈列馆，停娑罗树，攀前刀峰，对面红坪画廊全景尽收眼底。环峰而下，钻象鼻洞、金猴洞，上五松亭，一路奇景胜境叹为观止。

此行既能跨越原始与文明的时空，又可领略大自然的造化。

后入住木鱼镇。

清晨离木鱼镇，车盘转上山，两边密林，车在林中行。

车至老龙潭。小溪潺潺流过，游人如织。再观金丝猴。幸遇野人考察队员张金星，大胡子，合影，购资料1部。

后驱车直入神农顶。汽车排成长龙。两边高山杜鹃花姹紫嫣红，分外美丽。剑竹死后再生，高山青松翠柏挺壮。

车过风景垭、神农顶，在板壁岩小游。

下午4时进入九湖镇。高山小镇。全镇仅4000余人。

这就是高山平原，高山草地！这就是薛刚反唐的营地！

我曾在小说《走出密林》中写到大九湖，那只是想象，今日终于亲临此地，的确壮美非凡。

/ 林泉小品 /

但草地不再，已改造为菜地。植被被破坏。据说国家已拨经费用于恢复湿地原貌。

海拔近3000米，太阳直射，晚霞很美。

晚在风中行走，四周漆黑，这叫静寂。

晨起，观大九湖风貌。录全景。大九湖很开阔，当年薛刚在这扎寨10处，依次相数，另加帅字号。

早餐后驱车前行，无道。土路，四周是山，山上树木浓密，有的绿叶苏展，有的含苞待发。还是早春气象。山脚是农房，农户周围是田地，湖中有一条小河流过。湿地与草地面积已不多，是后人水利改造之由。

我们穿过草地，蹚过河水，在浅林中行走，一直走到河水的尽头。当地人称落水孔。水流此处，形成小湖。虽有长流水注入，但湖水永不升高，直接潜入地底。如恢复湿地，堵住落水孔，大九湖将是名副其实的湖了。

从落水孔返，在鹿场看鹿群。

此行与大九湖农人接触不多，所见几位九湖农女，都很纯美。要我点评：这里的山美、水美、人美。餐后小休，离开大九湖。

一路顺风，在神农顶山腰钻入高山杜鹃花丛，留影，摄像。满山花，满山竹。车到风景垭，清丽在目，奇峻险要，石柱林立，蔚为壮观。之后长驱直下，晚住神农架松柏镇。

/ 第三辑 岁月如歌 /

风雪归人

2019年腊月摄于荆山分水岭，黑龙江诗人璐瑶配诗附文后

昨夜普降大雪，早晨县城一片银白，雪花漫天飞舞。

回乡心切，风雪无阻。好在洪波是越野车，可走雪路。

九点从县城出发，洪兴燕、蔡定桥同行。

车到后高路的分水岭，雪花曼舞，公路、山野全被大雪覆盖，四周全是皑皑白雪，满树雪凇，多年未见如此雪景。

如鹅毛，似柳絮，满天横飞。雾凇和雪凇交织，茫茫大地，圣洁世界。眼前一株黄花梨，古干虬枝，瑞雪裹抱，婀娜多姿，风姿绰约。古树与我，我与古树，独立风雪中。真树孤标在，高人立操同。

停车留影，发至微信，一片赞叹。

十二点到达白沙河，雪仍然不停地下着。

2018 年 1 月 24 日

附　七绝·雾凇情（中华新韵）

璐瑶

寒夜飞琼万缕叠，谁迎晓雾驻堤斜。

香飘江岸银花绽，挥手留情美景绝。

——2019 年 12 月于黑龙江

第四辑

生命如花

新年试笔说健康

——2021年1月1日·晴

新年新气象。早晨起来查空腹血糖——4.9，这是几个月来最佳的血糖指数，昌英不信，她也查——4.7，结果与平时相符。

糖尿病治疗仪已用一个星期，化糖贴坚持贴了半个月，二甲双胍早一片晚一片。最近最高一次为15.5，当时十分惊慌，加大了服药量，从上周四开始降用量。坚持每天走10000步，吃清淡，药物逐减，直到不服药。

度过不同凡响的2020年，进入充满希望的2021年，我会更加清醒，倍加珍惜，与祖国同步，修身养性，保持天性，无论风雨，与家人携手共勉，迎着阳光，人生灿烂！

让人生中许许多多、大大小小的是是非非、恩恩怨怨化为心香一瓣，从此看开放开，宽大为怀。

随心所欲，顺其自然；寄情山水，颐养天年。

淡泊名利，学会舍弃；热爱生活，懂得珍惜。

切切实实把健康摆在生活的第一位，争取老而不衰，老当益壮，最后达到长寿善终。关照好老伴，牵手同终，尽量为子女后代、给家庭和组织减轻一些负担。

要服老，要服气，要服输，别和自然规律较劲。

老有老的好处，老有老的优势。

人老了，有了清闲的时光；人老了，有了淡泊的心情；人老了，有了感恩的情怀；人老了，有了自豪的资本；人老了，有了谦虚的情操；人老了，有了回忆的幸福；人老了，有了随欲的资格；人老了，有了自省的豁达；人老了，有了享福的权利；人老了，有了心灵的归宿；人老了，有了放弃的智慧；人老了，有了宽容的大度；人老了，有了自信的从容。

上午，远在上海的二女儿李高超在龙凤呈祥家庭群发出千元红包，这个温馨的举动，让全家都处于快乐兴奋之中。赟赟一边做作业一边玩起泡胶，还不时看手机，我们就坐在电视机前欣赏央视3频道的《喜上加喜》节目，看到100对扶贫新婚场面，欣赏80岁老人清唱京剧，不时热泪盈眶。

晚上先看"2021年中央戏曲文艺晚会"，后看"2021年中央新春音乐会——扬帆远航大湾区"。

/ 第四辑 生命如花 /

2020 年 1 月夫妻留影

我们在欢歌与笑语中度过了 2021 年的第一天。

蜡梅花开了,满院清香,令人心旷神怡。

健康着,幸福着,快乐着!

/ 林泉小品 /

写作的那点事儿

钢笔与稿纸就是我全部的业余生活

两天的秋风秋雨，地下遍是黄叶，树上挂着残花败叶，随风摇曳，一副凋零之状，看了叫人联想，不由得有些伤感。

观花开花谢，悲从中来，本是公子小姐情态，然我等性情中人，吃笔墨饭，感悟更多。

小说稿《一朵缥渺的云》放桌上，恰逢 Z.B、S.Y 两位来访，细细读了全文。两人都很感动，只是为设计的结局遗憾。S.Y 认为此稿比《谢谢你的爱》写得好一些，比较起来，她更爱《饮食男女》与《一朵缥缈的云》。

《东海》决定发表《谢谢你的爱》，题目换成"目送她孤身飞去"。编辑有眼光，这个题目似乎更有寓意。

在我不多的小说中，主要是三类题材，一类是关注情感与伦理道德，一类是关心地域文化，一类则是关注当代社会与人生。今后我想应该在第三类题材上下点功夫。

接下来想写的题目为"女人别当官"，反映一个女县长的创业艰辛，正在准备素材。

此雨一下，天气渐冷，不要影响我的情绪啊！

1996 年 10 月于宣传部

/ 林泉小品 /

诤言逆耳

老作家孙樵声与好友王伟举从武汉来康,陪同畅游紫薇林。孙樵声是襄阳较早的业余作家,曾发表过不少短篇小说,并出席过全国第一次青年创作积极分子代表大会,对襄阳的文学队伍建设付出过很多心血。他在襄阳文学圈人脉很广,曾兼任首任襄阳作家协会主席,后调省政府工作。去省政府任职后仍关心襄阳文学发展,受到襄阳文学界的普遍敬重。我与孙公只有书信往来,今日一见,正如大家平时称赞的一样,值得尊敬。

晚宴时孙公说,期待读到你的新作,也期待你在湖北声名鹊起。王伟举再次对我提出忠告:"修平你好像还没有回到人生的最佳状态,我还是那句话,你不能淡化文学、淡化事业。再沉默你就被人们淡忘了!"

伟举兄不止一次这样劝我,他的话也一直在我脑海回响,促使我反思。但我总是无法释怀。晚上回家,打开"作家李修平"网页,一下子看到许多留言,一时非常震撼。

评论家阿弘说：

看到文学襄军网上你的一些文字，觉得你的心头还是没有放下那些是是非非。你应该学学凡夫，写写王跃文那样的社会小说。这方面你有生活，也有基础。那些发发小牢骚的短文，不值得你去花时间。

小说家罗会芸说：

修平兄其实并没有完全豁达。占据目前的资源，使自己的创作更上一层楼，恐怕更实际一些。

网络达人紫媚说：

过去的事又何必耿耿于怀呢？如果你没有耿耿于怀，为什么你的几乎每篇文章里都有或多或少的怨气，甚至在获金奖的《堉里人家》里也羞答答地出现过呢？实际上你并没有完全做到豁达。

网友紫娟写道：

给每一个朋友每一次心动一个温暖的笑容。李修平，我为你祝贺，愿你有一个灿烂的前程，愿你有情人终成眷属，愿你在尘世间获得幸福，并请君面朝大海，春暖花开。

看到这些留言，联想到孙公和伟举兄的祝愿、规劝，让我百感交集。我的确还沉浸于过去的荣辱沉浮中，我没有理由不重新振作起来。这几日也正在思考、计划，灵感时时闪现，脑海里老是出现我任县委办常务主任的那段生活，一个个鲜活的人物总在眼前晃动，包括书记、主任、各色人等，特别是与我一起搞活动的那一群女生，一件件可数的往事历历在目。往事不堪回首，面孔依然熟悉，我想我应该付诸文字了。

一部《感伤之秋》，虽然尖锐，但毕竟是愤慨之作，杂文如投枪匕首，也只是出了一口气。经过这几年的沉寂，我对过去的生活已有了比较理性的认识，我可以跳出个人的恩怨去看待当时的人和事。现在想来，那段生活本身就是很好的故事。

我想还是用小说的形式去反映那段生活吧。还是从风月入手，写感情生活，感情是一个亘古不变的题材。

表面写风月，实写人生。就如《红楼梦》。

只留清气满乾坤

午后寒意料峭,我与襄阳电视台记者郭江平与马新中独自来到蜡梅公园,蜡梅老干虬枝,花事纷繁,阵阵馨香袭人。在梅林丛中,我接受电视采访。天上下着小雪,北风呼呼地刮着,我与江平女士漫步于梅林小径。我们一边聊着文学,一边赏雪观梅,新中兄的镜头一直对着我们。那次采访,成了电视台"汉江风"栏目的一次特别节目,后来又被推荐上了湖北卫视。保康蜡梅就这样走出了山乡僻壤,堂皇而洒脱地进入了千万电视观众的视野。

蜡梅再度繁华,不知襄樊电视台的观众还能否记起保康蜡梅昨日的芳姿,而我,一年一度,总与蜡梅相依相随。

蜡梅卓尔独立,是一种性灵之花,友谊之物。也是在隆冬梅开之时,我在蜡梅园里接受襄樊广播电视报记者丁当的采访,拍照。临别之时,丁当希望带一盆蜡梅盆景回去。我挑选了自己精心培育的蜡梅两盆,一盆送给丁当,一盆托她带给我的责任编辑平儿。

与平儿的交往也是一种梅缘。当时我已开始从小说转入散文的

/ 林泉小品 /

写作，素昧平生的平儿破例在电视报的文学园地开辟了我的专栏，因此而被读者格外关爱，收到了好多封热情洋溢的信件和贺卡。后来我才了解到，她叫平儿，是笔名，一位真诚而执着的女士。那盆蜡梅平儿肯定收到了，去年夏天，当平儿首次走进蜡梅故乡的时候，我们交谈的主要话题仍然是蜡梅。自然，平儿是喜爱蜡梅的，她心里向往着大自然。那是一次保康之夏笔会，同时举办"李修平散文研讨会"，会聚着一群不甘寂寞的襄樊文人才子。两天的时光是短暂的，大家看山、玩水、游温泉、吟诗作赋，但没法赏梅。夏天的蜡梅最是平常，只有冰封大地的严冬才是赏梅的季节。平儿站在蜡梅树下，还有凡夫、王伟举、刘蒂、雪耕、冰凛、周平、尹全生、邓耀华诸友，面对满树阔叶浓荫，都是怅然若失的表情。我只好给大家放郭江平摄制的蜡梅录像带，略弥缺憾。

　　但我深知，保康古桩蜡梅是有诱惑力的，她的孤傲高洁与卓尔不凡，岂能被多情的文人才子们所遗忘、所冷落呢？正如我，久居深山，也并不感到落寞、虚度。果然，当秋去冬来，老冒（老冒，真名李宪国，文艺理论家，曾是我大学的语文老师。后任襄樊广播电视报总编辑，该报文学副刊专门为我开辟了专栏）便率领襄樊电视台的一班兄弟姐妹直奔保康而来。在清幽俊美的五道峡风景区，我与老冒席地而谈，平儿恰在此时把我们定格在历史的瞬间。但遗憾的是，严冬未到，蜡梅含苞待放，老冒一行这次也未看到蜡梅花。

作者与老冒蜡梅旁留影

蜡梅是保康的县花,保康被誉为"蜡梅王国"。蜡梅公园有蜡梅品种园、蜡梅盆景园,蜡梅品种达75种,野生蜡梅面积6万余亩。

自然,想一睹保康蜡梅芳容的不只老冒、平儿,还有杨敏。认识杨敏是在襄樊电视台党的生活节目开播之时。那天,我们碰巧坐到一起,经介绍之后,杨敏毅然伸出了她的友谊之手,微笑着望着我:蜡梅王子,我读过你的散文,在我们台的报纸上!在我们台的报纸上——这口气多自豪啊。我这个人爱听好话,在芸芸众生中有读过我作品并能记住我名字的人我都将引为知己,何况杨敏还是电视台的节目主持人呢?杨敏果然可交,虽然萍水相逢,她也在心中默默给我以关照。那年腊月,她男友到保康开会,传递了杨敏的嘱

/ 林泉小品 /

托。杨敏说，到了保康，两件事必办：第一，看看李修平；第二，看看蜡梅。

把淡泊无为的李修平与古拙高雅的蜡梅并论，杨敏第一人也。我就做一株蜡梅吧，在山崖溪畔找一处自己的位置，默默地扎根泥土，有荫有格，逢雪开花，迎春而果。

不要人夸颜色好，只留清气满乾坤。

图为作者与妻子高昌英留影于小区花园

1997年12月16日感作于何陋斋

情真意切一幅字

花协会长刘万义送来书法家伍荣显给我重写的字。上次的字我已很欢喜,他回去后感到当时时间仓促,写得不满意,特意打电话给我,要重写,这次的题字是:

素甘淡泊常修己,
不俗文章度平生。

细读数遍,知老领导已读懂我了,这评价甚合我意。他上次写的是:行修而名立,心平度文生。也很不错,我会以此自勉。他用硬笔给我的题字更珍贵,值得一生珍藏,是他读我散

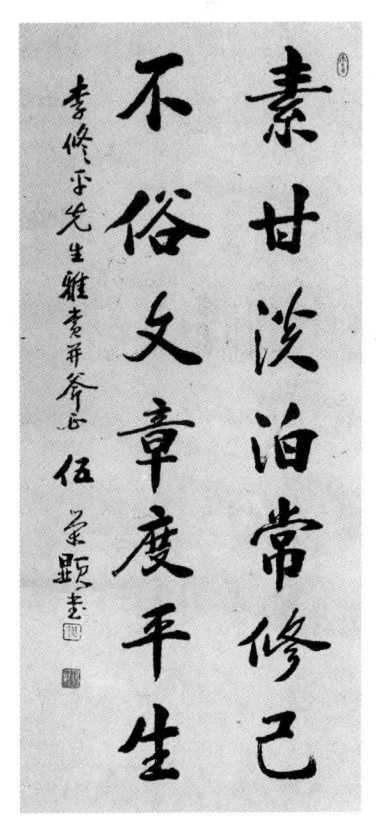

图为伍荣显题赠墨宝

/ 林泉小品 /

文集《牵手》后的感言，准确地说是在读了《感伤之秋》后的感受。他让刘万义给我看后撕掉。刘老先生赞不绝口，我读后也非常感动。我又怎舍得撕掉！

刘老先生走后，我阅读再三，意味无穷，其中自然也包含老人家自己为官一生的感受，遂珍藏。

在"李修平散文集《牵手》研讨会"上书画家高山嵩的一幅字惊艳四座，题写的是清人张问陶的兰花诗：

偶捡离骚数十行，便思乘兴画潇湘。
可怜百种沿江草，不及幽兰一箭香。

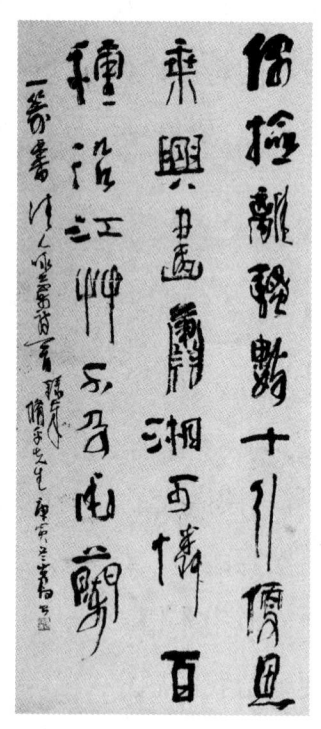

图为书画家高山嵩题赠

赏字，读诗，思其意，方知高山嵩兄之用心，弥为珍贵。

远在苏州发展的文友江孝龙的墨宝恰好寄到，甚爱。

闲为水竹云山主，
静得风花雪月权。

保康书法家陈永高题写的是：

竹密不妨流水过，
峰高岂碍白云飞。

永高先生与我交往几十年，感情甚笃，他的字颇有魏碑风骨。这幅字于我既是一种安慰，更是一种激励。

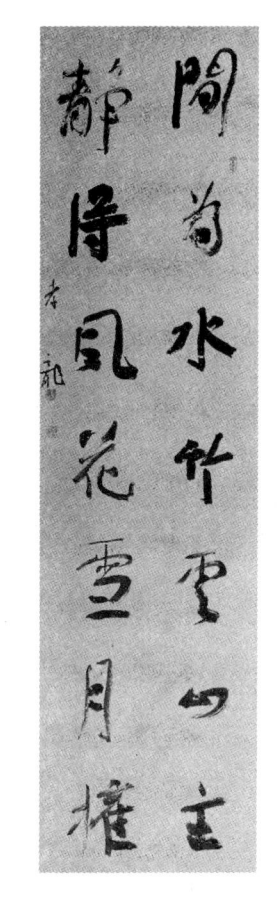

图为江孝龙先生题赠

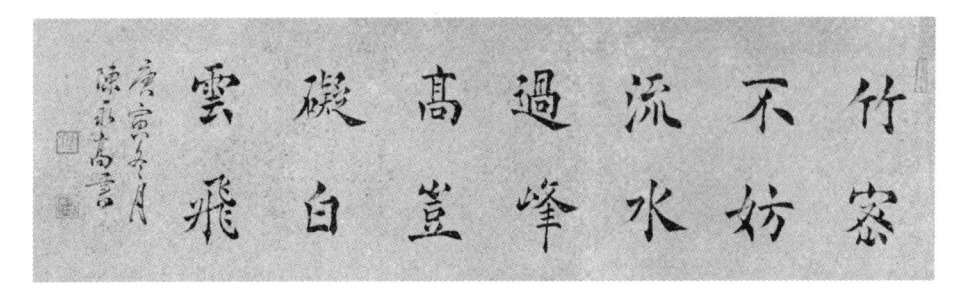

图为陈永高题字

/ 林泉小品 /

北京画家谢济光的《蜡梅图》,题写的是我的《岭上寻梅》一诗:"去年寻梅我来迟,今年芬芳正当时。雪拥黄卿枝上闹,一树蜡梅一树诗。"挂在书房,增添良多意趣。

北京画家谢济光《蜡梅图》

平生收藏了许多友人、名家的墨宝丹青,世间深情、造诣高格暗含其中,时常赏阅,受益终身,亦可荫庇后人!

2011 年 2 月 1 日于书房

与江孝龙先生唱和

羊年春节，书法俊秀江孝龙先生回保康，欣然执笔，为我书一幅墨宝，题"闲为水竹云山主，静得风花雪月权"。我因故不聚，特托画友邹传波先生见赠。

今手把芳墨，品玩再三，深爱不释。遥望江南夜空，一时性起，赋诗遣怀，借鹊桥快递，祝先生闲为水竹，静得风花，书翰折桂。诗曰《品墨宝——赠孝龙先生》。

手把芳墨意翩跹，笔走龙蛇深情现。

荆山虽离兰榭遥，长江不隔故土连。

闲为水竹云山主，静得风花雪月权。

兰亭高奖华夏星，从此翰墨薄后贤。

随即将诗上传至新浪网"李修平农庄"博客和快乐平哥空间，没想到他一直都在关注我的博客和空间，留诗回赠：

一别保康三十年,故城景物梦依然。

欲听山雨失乡岫,只展画屏寻旧缘。

摘果东坡植野树,骑牛古岭着轻鞭。

从今徒羡溪间友,留得风花雪月权。

诗是好诗,情是真情,人是性情中人。

与大家相聚

农历五月二十，我的39岁生日。恰逢《芳草》笔会在保康召开，保康县作家协会成立，一大批当今走红的作家云集保康！

上午保康县作协大会成立。全体笔会作家列席参加，坐上了主席台。县部办委局分管宣传工作的领导及文化工作者、文学爱好者、部分师生200余人出席。会议在《国歌》声中开始。

上午会议是一个高潮，中午刘醒龙再一次把宴会推向高潮。

他得知我的生日，大发感慨，于是提议全体人员为我的生日干杯，并献歌一首——《有一个美丽的传说》，接着邓一光、朱子昂、尚国功、段明贵、董宏猷也纷纷献歌。作家们有书的送书，没书的送名片。我没有名片，刘醒龙也没有。刘醒龙人不错，说以后去武汉找不到他可找邓一光、董宏猷。他们是哥们儿。

刘益善送小说集《母亲湖》、邓一光送小说集《猎犬阿格龙》、叶大春送小说集《胭脂河》和《醉翁谈录》、吕红赠送她的处女作《红颜沧桑》，晓苏买了《贾平凹文集》相送。

晚，在宾馆礼堂举行作家与保康文学爱好者联欢晚会。我与吕

/ 林泉小品 /

红共同主持。晚会上刘醒龙、邓一光、董宏猷、刘益善、陈应松、何存中、何祚欢、吕红、李鲁平、阿毛、段明贵、晓苏等分别表演了精彩节目。

后排左起：邓一光、刘益善、陈应松、郝敬东、赵刚、朱子昂、刘宝玲、刘醒龙、凡夫、董宏猷、李师东、彭建新、叶大春；前排左起：晓苏、李修平、阿毛、吕红、何存中

音乐中，我们一边喝茶一边聊天，讲的都是肺腑之言。

几天的笔会，通过与一些名家的交往，可谓收获大矣。

1995 年 6 月 18 日于宣传部

李修平散文研讨会

朋友如是说，游了山城，游公园，再到李修平散文里畅游一番。朋友的话有所指，"李修平散文研讨会"如期举行。

研讨会由寓言作家凡夫主持。

会上雪耕、冰凛、邓耀华、尹全生、周平交流了论文。接着王伟举、刘蒂、平儿、彭宗卫、黄中晴抢着发言。

雪耕还在会上宣读了即将出版的我的第二部散文集《浮生独白》中昌英写的跋，使会议更加活跃。

雪耕最后总结："修平是个多情人、老实人、诗人。"

会上发言热烈，有人认为我的散文女人味浓了一点，少了一点阳刚之气。平儿立即反驳，要我走自己的路。她是襄阳广播电视报副刊编辑，发过我多篇散文。刘蒂说，同感。她主持《襄樊晚报·晚唱》，也编发了我多篇散文。她们的意见更切合我近期的创作实际，而郝敬东、彭宗卫则与小说联系起来谈，汪厚安则从人品与文品的结合上读。都不错。

/ 林泉小品 /

归纳起来有这些特点：短小、真实、优美，如牧歌，抒真情，交真心，说真话，极富感染力，等等。不足是注重小情感，小情绪。希望我今后走出小我，关心大我，关注社会现实，在保持现有特点的基础上，写出大散文来。

李修平散文研讨会现场，正排为汪厚安、李修平、凡夫、王伟举、雪耕

段明贵部长最后总结说："雪耕的评价很对，但不够全面。李修平是个积极向上的人，是个有才情的人，是个有家庭责任感和社会责任感的人。"

与其说是一次散文研讨会，不如说是一次文友之间的交流、谈心，畅所欲言，别具一格，但使我受益匪浅。

1996年6月5日于山城

感谢责任编辑何子英

收到《长江文艺》编辑、也是我中篇小说处女作《饮食男女》的责任编辑何子英女士的来信，对我新作的发表表示祝贺，并提出了新的希望。深为欣慰。

《饮食男女》从动笔到发表，经历了漫长的等待，往返六家刊物，有的编辑写了简单的退稿信，多数是铅印退稿条，如果不是何子英看中了它，至今还是废纸一堆。

在修改的过程中，她先后给我写了5封长信，每封信都提出了具体的建议。一位大家说，编辑是无名英雄，通过这部作品我才有真切的体会。在我享受着作品发表的快乐的时候，编辑却在背后默默地祝福。

同时收到《长江文艺》样刊2本和1015元稿费。

面对自写作以来收到的最高额稿费单，有一种说不出的滋味。稿费单放在写字台上。这笔稿酬应该是1989年或者1990年获得的，因为当时《中国作家》和《上海文学》都留用了。后来都退了回来。

我没放弃，但一等就是五年。

本期《长江文艺》共发了四个新人的中篇，我比较欢喜魏光焰的《锦绣年华》。

重读《饮食男女》，不相信竟然是出自我的手。我竟然也可以写得这么好。人生应该是充满机遇性的，作品也一样，我如果不是生活在小小的山城，而是在北京或者上海，命运可能要好得多。工作是为了生活，写作是为了更好地生活，像我等处于最基层、处于文学边缘的作者就更需要才华、勤奋和机遇。

玩，成为一种负担，人还是应工作，有追求，有目标。

作品发表了。这个时候，我最想做的就是给我的责任编辑何子英老师写一封信，表达我对她真诚的感谢。

我也不会辜负她对我的厚望。

发表的文字我反复读了多遍，热情已经冷却。在我的创作中，《饮食男女》已经成了历史，它即使给我带来了荣誉，也不能保我风光终身。我该写出新的东西了。

《饮食男女》已经成为旧作，但编辑的寄语我会记在心中：

文学需要新生代。四位青年作家，或曾以散文、中短篇小说崭露过头角，或在此之前作品一直没能变成铅字。他们在上帝给自己安排的位置上生活了很久，在寂寞的书案上笔耕了很久，在艰难的路途上跋涉了很久，今天终于向读者奉献了自己的中篇新作。他们起点不低，出手不凡。

四部中篇小说写的都是作者最熟悉的人和事。他们通过塑造的形象，为读者提供了广阔的思维空间。

　　李修平的《饮食男女》为我们展现的是一幅处在现代文明边缘的县级市的风情画。他从芸芸众生身上看到了双重人格。当然也有财迷心窍的，有自我完善的。有一个小公务员毅然弃政从文。他的选择明智吗？他面前的路少得了坎坷吗？处在文学低谷中的我们，感谢作者讲述了这样一个略带几分理想主义色彩的"聪明难"的故事。

　　评语短而深刻，恳切。这些话说得多好啊！

1995年5月20日于保康

/ 林泉小品 /

与《蓝盾》编辑一席谈

天津《蓝盾》杂志社编辑部一行来访。全程陪同。

《蓝盾》以社会纪实、法制稿件为主,也发小说与散文。月刊,发行 10 万余份。

总编朱其华、副总编刘书申、副社长散帼英。

散帼英为襄阳人,著名作家梁斌的妻子。梁斌为《红旗谱》的作者。散帼英送我去年的《蓝盾》合订本和刚出版的刊物,刊物装帧很大气,刊名是梁斌所书。

她听说我的第二部散文集《浮生独白》即将出版,马上表示请梁老为我题写书名,回天津后就给我寄过来。

晚上,总编朱其华、副总编刘书申看了几个小时的《雨夜梦想》。令我感动。这是我的第一部作品集,还很稚嫩。早晨朱总找到我说,你的文章很有灵气,坚持写下去,一定会取得像梁斌那样的成就的。写好文章是一生的看家本领。

他看重我的才气和吃苦精神,希望我寄点散文给他,由他向《天津日报》副刊推荐。

我知道《天津日报》副刊《文艺周刊》最初是孙犁主办，培养了一批散文作家。

几位老人都希望我笔耕不歇，并给他们写稿。

我很受触动，人们看重才华，这是通行证。

送走"蓝盾"一行，收到《长江文艺》主编刘益善老师寄回的《浮生独白》书稿，并有来信，还有他的序《李修平和他的〈浮生独白〉》。序写得很好，读了非常感动。刘益善的确是一位可以为师为兄为友的人。

序有了，梁斌的题字一到，《浮生独白》就可以进印刷厂了。

1995 年 6 月于县委宣传部

/ 林泉小品 /

母爱入微动天地

　　早晨大雨如注，昌英想让李高超、陈彬旅行从无锡返回上海时吃到新鲜蔬菜，冒雨去岗岭自己开辟的菜园采摘菠菜、西红柿、黄瓜、大葱、豇豆和菜花。

　　她戴一顶草帽，狂风卷携着暴雨，打在菜园，打在她的身上。

　　她浑身几乎湿透，仍然在地里挑选。因为雨太大，地里已成稀泥，我坐在车上，使劲按喇叭。她全然不听，不理。

　　上车的时候，膝盖以下全是泥土，钻进车里，雨水顺着头发往下滴。她笑着说："好鲜嫩的菜哟，超超吃了一定好。"

　　回到家里，我们分挑、去泥、包装，一大纸箱蔬菜，新鲜是新鲜，都不值钱，打电话给顺丰快递小哥，立马就到。

　　快递小哥扛起包裹，笑着说："几十斤蔬菜，一百多块快递费，成本也太高了吧。"

　　她严肃地回答道："不是钱的问题，吃健康的蔬菜，养好身体，比什么都重要。"

我说:"你是对的,在孩子们的健康上,我们不计成本。"

看到快递小哥下楼,她站在阳台对着喊:"一定下午寄走啊。"

连续打了几个喷嚏。我说:"你该换衣服啦。"

她才去换衣服,一副幸福的样子,满满的喜悦。

昌英和小孙女留影于菜园

/林泉小品/

结婚十四周年有感

我与昌英共同走过了十四年的风雨人生。

农历腊月初三,就像一个起跑线。我们面临的跑道并不是体育馆里的田径场,而是大自然下的草地、山道与沙滩。我们已经走过了许多艰难的地方。我们走得很欢快。我们的腿越走越有劲。我们知道,未来的路很长,有了这个起点,我们已无所畏惧了。

1989 年春留影于保康教育委员会家中

今天，当我们共同携手登上人生的新的高度，再去回首十四年前的那个起点，我们可以骄傲地宣称：

十四年来，我们夫妻感情坚如磐石！

今年，在我们的长跑途中，第一个奖杯已经属于我们了。我和昌英高举着这个奖杯，耳边响着欢乐的人生进行曲，这时又有两个人加入了我们的队伍，她们是李高洁、李高超。

我们的前面有闪光的大字：恩爱夫妻，美满家庭！

我们的生活充满阳光！

我们的未来会无限美好！

1995年1月3日于山城保康

/ 林泉小品 /

山沟里的生日歌

　　上午10点从县城出发，洪波夫妻，县委办李敬相，报社记者艾德雄，电视记者赵令武等陪同。大家要为昌英在大三沟过一个特别的生日。我、洪波、谭绪军分开三辆车。

　　车队从保康到金斗要翻关英岩山垭，全长60余公里。金斗曾是乡政府所在地，撤乡建制后成为村委会，我在此写过《拽起金斗》的报告文学，报道金斗乡财政发展的事迹。现在看到的金斗，已与从前不大相同，环境也变了。

　　金斗到大三沟又要翻一座大山，全长40公里，村级公路，宽仅3.5米，弯弯曲曲，盘山而上，蜿蜒而下，一条峡谷连绵山外，山高险峻，土地都在沟边，瘠薄而窄，倒是林木茂密，满目青山，一沟秀水。早春时节，满山都是盛开的山桃花、山樱花，一路和风吹拂，落英缤纷。

　　植被很好，山泉遍布，水质特别适合养鱼。谭绪军与北京一家公司合作，在此建立养鱼基地和杉树、沉香基地。

水清天蓝。处处给人一种新鲜之感,一种荒凉静谧之感。

基地已建成,养有红鳟、黄鳟、鲤鱼、黄鱼、中华鲟等。

这里还保留着传统农业种植方式,一切呈现出原生态,村民日出而作,日落而息。在我老家基本不种了的荞麦、燕麦、洋芋、六十黄苞谷、包瓜等农作物都还在种,而且有卖。

村里还办有传统黑毛猪场,供不应求。山上的传统药材远销安徽等地药厂。珍稀树木、奇花异草满山都是,保护性地开发。村里打原生态牌,绿水青山真正成了金山银山。

到了这里,也到了世外桃源,不通手机信号,没有电视,一条村级公路、一排高压电线,向我们讲述唯有的现代文明。

天黑了,月亮升起来,山太高,月光只能照到半山腰。

8点,晚宴开始,大家围在一桌,合唱着生日歌,都给昌英敬酒,祝她生日快乐。她高兴,喝了两年来最多的酒。一时,山沟里显得很温暖、很热闹。

宴后,大家陪昌英打麻将。麻将也是传统形式,没有麻将机,手码,大家仍然兴奋。我独坐在小溪边,夜色深沉,一声猫头鹰的叫声从幽林深处传来,更增添了山沟的神秘。

这是大三沟村一个特别的夜晚。

这是昌英过的一个特别的生日。

2017年3月11日于大三沟村

素面朝天

——写给爱妻高昌英

假日,我在家写散文——《数星星的日子还会有吗》,写一种宁静,写宁静给人生带来的感悟。

昌英仍去学校。两个女儿陪我。

透过窗户,我看到风雪中渐行渐远的昌英。

她戴一顶红色风帽,穿一件红色风衣,风衣内黑色高领羊毛衫,下着黑裤,脚穿一双黑色皮鞋。黑红相衬,很是高雅。

她以前不饰铅华,近来略有小饰,都很廉价。不是买不起,也不是我反对,而是她不要高档饰物。耳坠是仅80元的水晶石,项链也只有几十元,还是无机玻璃。但她满意。

这些东西对于她,很是得体。

当然也化一下妆,基本上是淡妆。

有些人对化妆品要求高,但她的一套化妆品不超过50元,而

/ 第四辑 生命如花 /

且还是我给她买的,在我看来,这淡妆比浓妆要美得多。

她从南垭嫁到我家,留的是一对长辫子,穿戴很精爽,行走笑声朗朗,大步流星,透露出一副男孩子气息。

现在剪了长辫,留的是一头蓬松的发型,普通而自然,看似随意,却也有一番用心。

昌英 48 岁留影于韶山,背后为毛主席故居

她热爱她的工作,教书育人,她育出了自己的善良。

她看重家庭,典型的贤妻良母。与世无争,只求教好书,当好教师,还要做一个好妻子、好妈妈、好儿媳。

她骑上心爱的本田轻骑,按一声喇叭,算是向我告别,然后一加油门,人与车平缓而去,直到无影,留下我无限的思索。

36 岁的昌英,红红火火,一生平安。

1997 年 2 月 18 日于保康家中

/ 林泉小品 /

生日有感

二〇〇一年农历五月二十作者在县委办工作时的办公室留影

又老了一岁。进入40岁后，稀里糊涂地过，以为自己已有四十七八岁了。昌英说："你满45周岁了。"

德国作家席勒说：时间的步伐有三种，未来姗姗来迟，现在像箭一样飞逝，过去永远静立不动。

时间不等人，45岁，也不年轻了。

有人说：男人二十是半成品，三十是正品，四十是精品。曾经因为自己的成熟而自豪，但四十人生已过半，还自豪什么呢？

上午，在办公室谈旅游调研思路。由旅游局涂继东执笔，写出初稿。昨天下午已谈了一部分，夜里又对自己的思考进行了丰富，对这次旅游调研我很有信心，县委县政府提名我牵头，就不能负众望，要提出一个全新的发展保康旅游的新思维。已提出了详细提纲，下个月率队外出考察，座谈论证。

保康县各景点名称规范和新景点名称完成，共56个景点，包括五道峡、九路寨、紫薇公园等景区。今后将逐步推行、使用，我在改变历史，也在创造历史。

这是献给自己生日的最好礼物。

婷婷、超超特意去订了蛋糕。

紧张有序的工作之余，痛饮喜庆之酒，别有滋味。

所谓生日，只是来日；所谓死日，只是去日。来日如烟，何必庆祝？

/ 林泉小品 /

在长女婚礼上的致辞

各位来宾、各位亲朋好友：

今天是女儿李高洁和女婿孙兆强新婚的大喜日子。首先，我要代表高洁的妈妈、代表远在日本求学的李高洁的妹妹李高超，同时也代表远在河南的兆强的父亲以及亲友，向两个孩子的有缘结合，表示最衷心、最美好的祝愿！

我们也真诚地感谢各位亲友、各位来宾的光临！

女儿高洁是在亲人、师长、同事们的关爱、教诲、呵护下长大成人的，我们庆幸她在成长的过程中，有了健康的体魄，学会了知识，积累了社会经验，有了很好的工作，同时也学会了善良、学会了做人。今天她长大啦！

感谢上苍和爱神，在女儿成人之后，又让她在茫茫的人海中找到了自己的心上人，这让我们感到由衷的满意和幸福。兆强是一个热情、善良、懂事明理、有理想、有事业心、有责任感的孩子。我们把女儿交给他，从心里感到高兴和踏实。我们相信，兆强也会像我们一样一生善待高洁、呵护高洁、疼爱高洁。

今天,两个孩子能够从茫茫人海中走到一起,既是上苍赐福,也是人间佳缘。愿你们夫妻恩恩爱爱,从今以后,无论是贫困,还是富有,你们都要一生一世、一心一意,忠贞不渝地爱护对方,在人生的路途中永远心心相印,牵手前行,生活是伴侣,事业做知音,白头偕老,美满幸福。

在长女李高洁、女婿孙兆强的婚礼上

今天,在你们新婚大喜的日子里,我要赠送你们六个字,这就是:珍惜、知足、感恩!

你们要懂得珍惜:珍惜健康,珍惜爱情,珍惜人间的亲情和友情,珍惜自己的工作,珍惜现在所拥有的一切。

/ 林泉小品 /

  你们要懂得知足：在纷繁的世界里保持内心的宁静和淡然，淡泊名利，一生追求美好而不是完美！

  你们要懂得感恩：感恩父母、感恩亲人、感恩领导、感恩同事，感恩社会和生活。永远都要用一颗感恩的心来面对世界。

  孩子们，拥有健康的体魄，拥有家庭的温馨，拥有人间的亲情和友情，常怀一颗感恩的心，你们将一生幸福！

  各位亲友、各位来宾，请允许我再次向你们表示真诚的谢意。衷心祝愿各位亲朋好友身体健康、阖家幸福、心想事成、万事如意！

  谢谢！

2010 年 6 月 4 日

小女做母亲了

早晨接二婿陈彬电话,超超早晨7点被送入产房。

我、昌英与亲家陈顺林、曹志林乘地铁,从嘉定马鹿赶到浦东新区第一妇婴保健医院。陈彬坐在产房外的大厅等候产房里面的消息。大厅坐满了产妇家属。今天有40余名产妇临产。每名产妇都是双方父母加丈夫,有的还有亲戚陪护。

大家都很焦急地等待。里面的情况只能从电子屏上了解。在里面的都是顺产。电子屏会时时出现婴儿临盆的消息。小孩要出生了,里面会叫家属进去。孩子生了电子屏会出现观察2小时的消息。

不断叫某某家属进去,不断有婴儿出生。

一直没有叫陈彬。我们不知超超的情况,心里十分着急,实在忍不住了就给超超发微信。她总是不回。我们更为着急。

10点50分,大厅里几乎没有陪护的人了,突然听到产房门里传出来亲切的声音:"李高超家属进来!"

陈彬差不多跳起来跑进了产房。我们四个老人都站了起来,望着紧关着大门的产房。远在保康的李高洁、孙兆强也不断地发微信问情况。我们都急等着产房里的消息。

凌晨一点，陈彬终于发出一条微信：生了。我迅速看了一下时间，是2017年7月12日凌晨1点，丁酉年六月十八。

我们一片欢呼，消息立刻传给保康的李高洁。

一点半陈彬发出第二条微信：男孩，重7.6斤。

凌晨2点，陈彬从产房出来，报母子平安。超超还要在产房观察2小时，婴儿送到婴儿房观察，注射疫苗。

随后将超超转进豪华房间，婴儿住2楼保育房。母子分住，医生、护士、保育全方位服务。

超超很坚强，顺产，发动18个小时，不哭不叫。

小孩的名字超超早已取好，小芝麻，取芝麻开花节节高之意。晚7时，我们离开，昌英在病房陪护。

很想念赟赟，一天两次电话，都是她从保康打过来。

中午，陈彬开车，我们几位一起去妇婴保健院。

超超状态不错，昌英昨晚帮她洗澡，护士定时检查。小芝麻仍在育婴室，下午3点可见，5分钟，只准一人进。

下午3点，我们一起从11楼坐电梯到2楼，见孩子的家长很多，大家一起等在婴儿房门前排队。

终于叫到李高超的名字，陈彬代表我们与小芝麻见面。6分钟陈彬出来，满脸都是阳光灿烂。拍有小芝麻照片数张。

他给我们的印象就是一个大：大个儿、大头、大鼻、大耳、大嘴、大脚。他的小手扎着一根输液的针，胸前安放有两只监听心音的器械，肚脐上也有一只。左手腕和右脚处都有一卷胶带，是他的信息，与他母亲手中的信息一一对应。

他极为安静，淡定，还在打哈欠。

这些照片被及时转发到他的爷爷、奶奶的微信，转发到龙凤呈祥家庭群。大家一遍遍地欣赏、评论。

李高洁及时把赟赟出生时的照片找出来，发在群里。这姐弟俩长得还真有些像。一个小美女，一个小帅哥。

李高洁有了小赟赟，李高超有了小芝麻。这下可真好，我们有了两个小外孙，孙子孙女都有了。

13日上午11点半，李高超出院回家，小芝麻还在医院观察，要到17号下午才可以接回。周三、周五下午可以见，只有5分钟。超超坐月子，陈彬与双方父母四人精心照料。

与女儿女婿、亲家在扬州，2016年6月26日摄于瘦西湖（左起：李修平、高昌英、李高超、陈彬、曹志林、陈顺林）

超超在家静养，昌英去陪。陈顺林、曹志林夫妇忙前忙后，精心照顾。他们早已把李高超当女儿看待，关照儿媳从几个月前就开始了。他们在扬州有家有房，亲人都在那里。为了李高超、陈彬，一切都放在一边。接着就在上海照护孙子。为了李高超生产时能顺利，减少疼痛，两个月前就开始煮桂圆，每天煮一次，其实李高超临产时就喝了一口。

陈彬很称职，对我们也十分周到、孝顺。

下午3点陈彬去医院，见小芝麻，5分钟，发回几张照片，今天大睡，身上的管子全部拿走了。一次吃50毫升奶。

昌英高兴，作出一首诗，寄怀：

十全十美双娇女，一龙一凤俩乖孙。
龙凤呈祥全家欢，试问天下谁可比！

7月17日，星期四，大好晴天，上午陈彬与昌英、曹志林去医院接小芝麻，办出院手续。

正好我的历史小说《卞和献玉》写完最后一个字，全文15000字，10节。我感觉写出了一个全新的楚国，一个全新的卞和，融入了我的故土情怀。

下午5点，小芝麻接回。出生一个星期才进入妈妈的怀抱，他自己似乎也有感觉：这是妈妈的怀抱，这是温暖的家，这里有好多疼爱他的亲人。

小芝麻回家，我的作品诞生，双喜。全家高兴，喝茅台庆祝。

晚9点别过超超，别过小芝麻，别过亲家，回客栈，早睡。明天飞往深圳，赴香港，出席"盛世中华，诗书飘香——庆祝香港回归20周年大型诗书画文化节暨颁奖盛典"。

2017年7月于上海马鹿

/ 林泉小品 /

为美不惜挨一刀

——植发记

我说不清是怀着一种怎样的心情走进武汉那座不起眼的医院的。植发中心就设在这家医院二楼。一位慈祥的女性用温婉的目光迎接着我的光临。

一间小小的接待室竟然容纳了五六个等待植发的人。他们中有老人,多数是中年,还有一个正处花季的女孩。

大家都是脱发一族啊。

女医生的热情和不厌其烦绘声绘色的介绍坚定了我植发的决心。任何尖端的技术一旦向民众普及就不再神秘了,植发技术也是这样。其实,所谓的植发应叫自体毛囊移植,就是将后脑部的毛囊头皮取下,经过人工分离为个体毛囊,然后再经过人工植入头部毛发脱落处。毛囊移植后原发脱落,半年后新发全部长出。但是,接受植发仍然需要勇气。首先医生要在后脑部位取下足够的毛囊头皮,然后在脱发处钻下上千个小孔，最后还要把经过分离的毛囊一粒一粒地植入小孔。

我没有犹豫，立即签约，横竖不就是一刀吗？

为了美，就挨一刀吧。不，应该是千刀！

我被请进了手术室，护士又把我扶上了手术台。

给我做手术的医师叫蔡英。她是一个十分和蔼充满温情的知识女性，给我一种镇静的感觉。我闭着双眼，屏住呼吸，等待着"灾难"临头。

"你紧张什么呀，放松呀！"蔡英轻轻地靠向我，抚摸着我的头部，"还没开始呢。"

原来她连白大褂都还没换上。

蔡英并不急于做手术，首先和我拉起了家常。

就在谈笑声中，手术正式开始。

感谢神奇的麻药，并没有让我感到太大的痛苦，但那咚咚的打孔声，传进我的耳膜，让我一时非常恐惧，心有余悸，几近昏厥。蔡英便停下手术，继续和我聊天，等到我恢复正常。

接下来我就感到很轻松了。

蔡英一边植发，一边像老朋友一样与我聊植发技术、聊家庭，后来还聊上了文学。原来她也是爱好文学的人，上大学时还是路遥的崇拜者。于是，我们就从路遥的《人生》谈到池莉的《烦恼人生》，从余秋雨的《文化苦旅》谈到时下的网络文学，就在这种轻松的交谈中，蔡英完成了她主刀植发后的第五百次手术。四个多小时，我竟有点余兴未尽。

/林泉小品/

  下了手术台我要求对着镜子看看自己的头部，蔡英一笑："这个时候你就不用自我欣赏了吧。一个血糊糊的头颅，千疮百孔的伤痕，你不怕吗？半年后我们相见，那时你将年轻十岁，帅哥一个。祝贺你哟！"

  就这样，我完成了人生中的又一次壮举，带着千疮百孔的头颅回到家中，享受着妻子的精心呵护。接着便是等待，抱着对医生的感恩，对科学的崇敬，满怀着期盼，等待着生命奇迹的降临。

乙酉年五月于清溪河畔

面对突如其来的灾难

这是我人生中最灰暗的夜晚。

下午下班时,昌英搭乘邻居小周的摩托,行至县城第二个十字路口,与高速行驶的三轮车相撞,三轮正好撞在昌英的左小腿上,当时小腿两根骨头撞断。

5分钟我赶到县医院,昌英已被送上急救室。肇事三轮司机守候在旁边,值班医生正在往骨折处打石膏,以便去透视。昌英的脸色正常。

一时让人不敢相信,好好一个人,转眼灾难临头。

迅速送去透视,结果很快出来。小腿骨折,从中折断,没有碎骨。骨科医生赵明久立即进行手术准备。9时主治医师、麻醉师分别找我签字,9时40分送入手术室。

午夜12时45分手术结束,推出手术室。

直到此时,我还以为在梦中。

整夜我与堂妹李修华陪守。

这一夜，我陪在昌英病床边，与她一起分担灾难与痛苦。我默默地望着她，恨不将我换成她。我只想哭，但我没有哭。我是她的支撑，要坚强。

今天是农历五月二十，我的五十岁生日，就这样在医院陪昌英。很多人前来探望，本是为我祝寿，现在变为看望病人。

手术很成功。骨已接好，用两块钢板固定，恢复要三个月到半年。手术后昌英很平静，天亮时麻药失效，疼痛不止。

我终于忍不住，泪水涌泉般流出。

为什么要把灾难降临于昌英呢？她是一个多么好的人啊！

早晨李高超从华中科技大学打电话祝我生日快乐。

决定暂不告诉她这一不幸的消息。

从入院那一刻起，昌英吊针一直挂着。

上午换药，割开纱布，拿掉石膏板，受伤后的大小腿展露在我的面前，两排伤口，针缝时凸现在外，看后心中发痛。

昌英很难受，不仅伤口疼，而且浑身发疼。当时从摩托车上摔下，腿上、胳臂多处软组织受伤，还有外伤，好在没有内伤，头脑没有受伤。

看着昌英的样子，让人心裂。下部插着输尿管，小腿伤口处还插有一根瘀血管。上面挂着吊针。

我每分钟都陪在床边，却无法分担她的痛苦。

夜晚李修华一遍又一遍地祷告。

那份真诚，令我感动。

面对残酷的现实,我们只能面对。

超超打电话问我们在玩什么。只能说打牌,散步。拍下昌英的状态,超超还得一个月放假,回家后再向她说吧。

2006 年 6 月 14 日

/ 林泉小品 /

你若不伤，岁月无恙

生活就是这样，它在逗你玩，你却当真了。

人的一生不要瞎忙，要做对三件事，找对平台，交对朋友，跟对贵人。要认准三个人，和优秀的人同行，与能人共事，与合拍的人相处。一个人最终活成什么样，是由自己的眼界和见识决定的。选择与什么样的人在一起、接触什么样的环境，影响着我们的眼光和格局。

人骑上自行车，两脚使劲踩一小时，只能跑上 10 公里左右；开上汽车，一脚轻踩油门，一小时能够跑 100 公里左右；坐上动车，闭眼睛一小时能跑 300 多公里；登上飞机，吃着美味，一小时居然能跑 1000 多公里。

人还是那个人，平台不一样，载体不一样，结果就不一样。

有些路很远，走下去会很累。不走，会后悔。

心若不动，风又奈何。你若不伤，岁月无恙。

幸福的中秋

中秋有雾,月朦胧,家人亲友相聚,倍感幸福。

有时幸福只是一种感觉,只要用心感受,它时刻萦绕在我们身边。

记忆中的很多东西,都会因岁月流逝而渐渐地褪去它们生动的颜色,唯有我们对幸福的孜孜追求,让我们体验到生命的意义和价值,感受到生命的尊贵和庄严。

当我们的灵魂和辽阔的宇宙相衔接的时候,遥望一轮皓月普照九州,我们渺小的存在,就因此而变得深厚而绚丽!

凉风有信,秋月无边。

/ 林泉小品 /

与李高洁（右2）、李高超（左2）相聚武汉，2004年12月东湖宾馆留影

温暖的短信留言

2012年元旦临近，收到不少短信和QQ留言，在虚拟的世界温暖我。

春风化语留言：

平哥，感激你们，让我们一家感受到在遥远的东方还有这么好的两位朋友。爱情是灯，友情是影子，当灯灭了，你会发现你的周围都是影子。朋友就是最后给你力量的人。

李秀林留言：

你虽然退居二线了，你的品行，人格魅力，大家风范，将永驻我心间。

爱舞小妖短信：

立冬又来，思念藏在心间。发出问候一串，串起风里的爽，阳光的暖，水里的情，棉里的软，糖里的甜。

美好的心声说不完。

人生就是这样，和阳光的人在一起，心里就不会晦暗；和快乐的人在一起，嘴角就常常微笑；和进步的人在一起，行动就不落后；和大方的人在一起，处事就不会小气；和睿智的人在一起，遇事就不会迷茫。借人之智，完善自己。

平哥，学最好的人，做最好的自己。

朱晓萍留言：

快乐平哥，你好！最近，一个保康的朋友给我带来了一本由你主编的《带你游保康》一书，我再次拿起了你的散文集《牵手》来看。在这样的日子，读你的书是最有意义的。《牵手》我是第三次通读了。我的感受是：你生于保康，如同孔明生于隆中。因为，隆中是因有了孔明才得以驰名中外，享誉古今。而现如今，人们也是通过你的文，你的书，才得以认识保康进而向往这方佳山秀水。正如"山不在高，有仙则名；水不在深，有龙则灵"一样，其实，保康不大，但是，因为有了你，保康也就"名"了起来，"灵"了起来。

2011 年 12 月 31 日于元旦前夜

我的博客时代

今天是个小雨的天气,郁闷的心总是在雨天萌发得淋漓尽致。无聊只好上网。三月底的北京宋庄之行,与全国的获奖作者与作家报的朋友们告别之后,一直忙,身体也不太好,心情就这么郁闷着。

突然想起会上沙漠骆驼的一番话,大意是希望大家写一点博客,他还主办了《博客世界》,与作家报一起发行。于是就这么进了他的博客世界。走进他的世界,让我受到极大启发。

这是属于他自己的家园,我为什么不能建立一个自己的家园呢?其实,我很早就建立了自己的网站,一是"李修平工作室",一是"榕树下"的"李修平专栏",一是文学襄军的"作家李修平"。前一个是收费的,运营了四年,很长时间没有维护,关了;后一个还在发挥作用,也是很少耕耘。

博客之风大兴的时候,我也在新浪网上建立了博客,还没顾得上写东西,事一多,就把密码、用户名什么的都给忘啦。也是自己没有经验,后来再去注册,总是出差错,也就没了信心。

今天一进搜狐的博客，几下就注册好了，原来事情就这么简单。接着又重新在新浪网上注册，也成功了，取个名：李修平农庄。这就是知识，你不得不服啊！

我来了，这里面的水有多深，还不知道，摸着石头过河吧。我的博客生涯开始啦！

自题小照

第一次留影，留住我清纯永驻。

那时我 16 岁，1972 年冬留影于保康师范。我之所以对这一张照片情有独钟，那是因为，在这之前照相对我来说完全是空白，而在这之后虽然年年岁岁都有留影，但那个清纯少年的形象却永远地与我告别了。

我曾无数次地审视着 16 岁时的我。

那是一个多么纯真、无邪的农村男孩啊。世界在他心中完全是一块生长着萋萋芳草的绿洲。他的双眼满含着对这个世界的新奇与对美好前程的憧憬。蓝天、白云、小鸟、鲜花，他所看到的只有这些；小桥、流水、人家，他所想到的也只有这些。未来在他的面前就如一片湛蓝的天空，一道七色彩虹。他是从另一个时代脱胎而来的山村孩童，满脸的稚气，何曾会想到后来的种种艰辛与无奈？他的心灵永远保持着婴孩般的圣洁。

然而，这个清纯少年是永远不可能再在我的身上复原了。16

岁以前的形象也如夏夜晨风在我的人生中轻轻吹过，无声无息，无影无踪。

我很惋惜人生最初16年的空白。因为出生在封闭山村的缘故，16岁以前我根本不知道照相为何物，等我留下这张照片时，正是我师范毕业的时候。七年书，是我全部的学历。

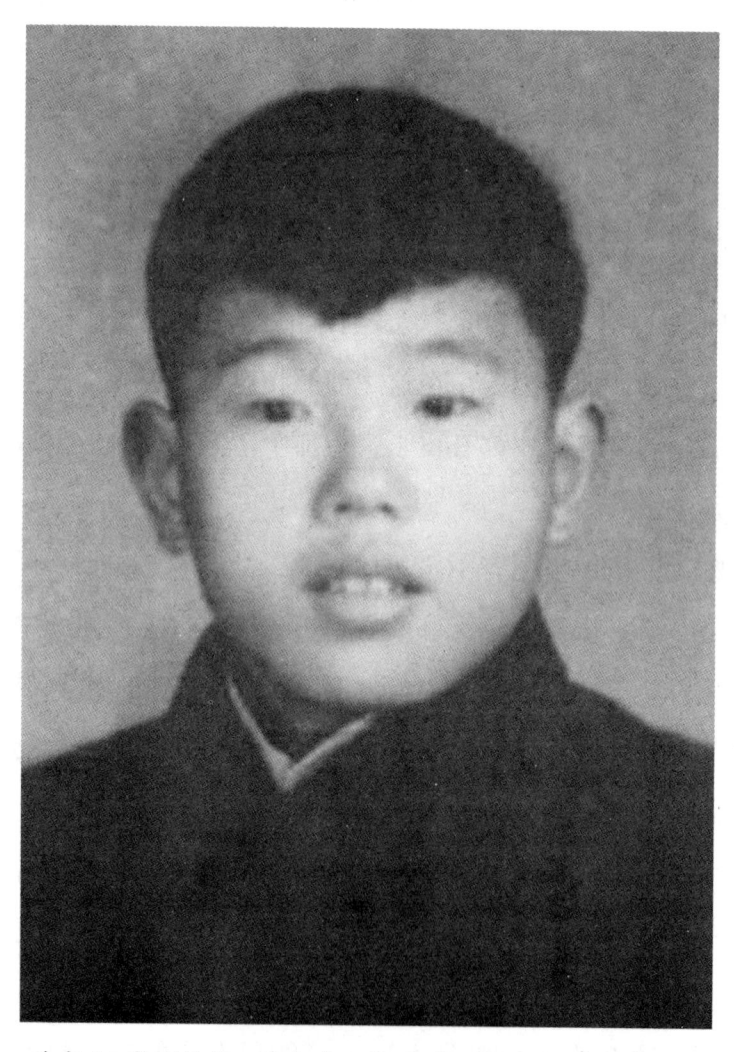

作者16岁照的第一张相片，1972年3月摄于保康照相馆

从此我便进入了社会大染缸，年轻的心开始被时代的风霜雨雪抽打得七零八落。我再不是照片中的那个单纯的我了。

但我庆幸，瞬间的魅力凝固了我永远的清纯，最初的黑白艺术让我时时感受着山村孩子那不落的风景线。

/ 林泉小品 /

我的自画像

我是谁？时常思考这么一个问题，总不得要领，遂去问看相先生，多是牛头不对马嘴，问好友，也是奉承的居多。听说电脑可以预测人生，便去一试。仔细推敲结果，倒有七分像我。最后还有阿妹一句忠告：愿哈哈仙子的风趣幽默带给你哈哈一笑，走你自己的路！

原来是科学玩笑！索性将幽就默，自我画像！

大名李修平，曾用笔名沙耕、李悦，怕写了好文章人家不知道是我，遂行不改姓，坐不更名，女儿芳名，阳刚男子，正合天地阴阳之气。后来中央电视台突然蹦出来一位同姓同名的佳丽播音员，倒使这本来平常的名字一时名扬五湖四海。出门在外，一报姓名，就有"久闻大名"的赞语，弄得也不知我是何许人了。后来闭门静思，总感到去沾别人的光并不是太光彩的事情，各有所长，于是就拼命写文章，满世界找地方发表。一时间，这普通的名字也就更加深入人心，也为我争得一点脸面。

说到长相，窃以为腰圆膀阔，天庭饱满，地阁方圆，很有男儿雄风，但缺少胡须，终为憾事。脸上无毛，办事不牢，平时总给人不成熟之嫌，时时装出一副老成持重之态，总也不像。妻也戏谑：说我是二十岁婴孩，三十岁顽童，四十岁方为少年。于是便学阿Q先生自勉：男儿有志，何患无须？愿李郎童心不泯，青春永驻！

生在丙申年，属才华横溢之猴狲。五月石榴花，A型血，巨蟹座。身高170公分，体重82公斤，中度偏胖但不臃肿。电脑测定，外表90分，算不上帅哥，倒也说不上丑八怪。

外貌不能独占鳌头，便精修内美。

精力充沛，感情丰富，不是捧腹大笑，就是悲痛欲绝；独立自信，和蔼可亲，关心世界大事，对生活充满信心；外表稳重，内心活泼，非常喜欢家庭生活，虽也怜香惜玉，对异性的爱与对母亲的爱则难以分清；想象力丰富，思维缜密，适合于从事作家、侦探、公关等职业，但至今仍是公务员一个，每天在办公桌上以吞吐文字为乐。

年轻时不修边幅，是因为无钱购置华裳；如今崇尚西装革履，只想遮盖周身的岁月风霜。

官不大，钱不多，但活得挺潇洒，敢爱敢恨，能哭能笑，亦文亦舞，无为无不为。

爱好虽广泛，却无一精通。喜集邮，却不知方联与型张；爱听音乐，常常是五音不全；莳花弄草，非黄即枯；也养鸟鱼，枉害多少性命。注重修身养性，唯丰富人生而已。

家不宽，唯妻知冷知热，知根知底，常自嘲：

/ 林泉小品 /

老婆是我取之不尽用之不竭的活期存折；人不富，有两小女膝下撒娇，张口吃闭口穿，为伊消得憔悴，却是无怨无尤；身无长物，唯有一窗明月半屋书，怡情养性，可供我终身受用。书房有名，曰"何陋斋"，取"君子居之何陋之有"之意。

生活不常乐，艰辛常伴之，却时有贵人相照，逢险化夷，常有精彩壮丽之壮举。好人总是一生平安。

生命时常无端地受约束，但心情总可以自由驰骋。于是就写作。在那些苦闷无奈漂泊的日子里，开始诉说着一个普普通通的男人的一些简简单单的故事，几乎没有矫饰，直面自我心灵世界。这就构成了我的散文风格，已出专集数部，如今市场上基本脱销，不过已有千百人收藏，千万人阅读，还有几家图书馆及家乡档案馆收藏，网上亦可查找。

为人讲清淡，随随意意过一生；

为文求真实，老老实实做文章。

散文是副业，行文如行云流水，下笔必与心灵对话，讲述悠悠人间亲情，发表后颇有市场；小说是正道，有长篇、中篇、短篇多部问世，全是鲜活故事。

我在自己的生活仓库里搬运情节，码成故事，男女老幼，组成了各类不同人生，真真假假、虚虚实实，满纸荒唐言，一把辛酸泪，都云作者痴，谁解其中味？

不怕上当，就对号入座吧，说是我也行，说是别人亦可。

崇拜老庄，总想追寻五柳先生的遗风，归隐故乡白沙河梅香泉边吟哦"采菊东篱下，悠然见南山"；也想出名，最好是天下皆知，一则美文就使洛阳纸贵；惊羡轻歌曼舞，特想学范蠡，携美人西施隐匿太湖仙岛。幻想作品走红，被转载、被剪贴珍藏，幻想有人将我的小说改成影视剧本，幻想有识之士能找上门来，高价索拍，幻想有人来抢着演我作品中的男女主角。

当然，更多的则是实实在在地走路，做人为文，一点雨，一点湿。默默开花，默默结果。

人到终老，回顾有生，一生无悔无憾即可。

这就是我——李修平，一个可以坦诚相交的人。

1996年5月于襄樊南湖

/ 林泉小品 /

岁月不敌师生情

再一次和我的学生们见面,度过了生命中欢乐的一天。

过去也曾有过与学生聚会的时候,但最多也不过是三五人,这次一下子聚了差不多半个班,而且是无意相聚,令我尤为高兴。他们与我在一起无拘无束,尽管都是四十好几的人,一个个还是过去的模样,过去的神态。

这使我似乎又回到了几十年前当老师的感觉。

那时的我多么年轻啊,多么单纯啊!

几十年过去,我从教师干起,到教委办主任、组织部科长、宣传部副部长、文明办主任、县委办常务副主任、政法委常务副书记,还有许多的社会虚职,尽管有过辉煌、鲜花和掌声,有过成功,但我一路走来,总觉得生活得很累,诸多不如意。

面对过去的学生,我又回到了从前,当老师多好啊。

真想回到从前,再去过那种简单纯真的日子!

/ 第四辑　生命如花 /

去留一念间

——告别黄龙观村

窗外秋意正浓，读王跃文《国画》100 页，作散文《黄龙观写意》4 章。

我"改非"在黄龙观村体验生活已经差不多两年的时间了，这是我两年来写的唯一的作品。笔记倒是记了 4 大本。

两年来，我把自己融入了这个村，毫无保留地发挥我的作用，很多很好的策划都在运作中。

我有宽大的办公室。电脑、打印机、照相机，文房四宝，应有尽有。许多书架上的书都摆上了办公桌，随意而读，随便翻翻，写写读读，喝点茶，看看花。晴日，可以叫上导游，去景点漫游，晚上，可以约上几个学生在夜色中观山景。

这样的生活很好。

这就是诗意的生活。这里就是诗与远方⋯⋯

/ 林泉小品 /

但这里并不适合我。

一个地方,当我想要报答的时候,却要离开了。

这里肯定有许多我不能适应的地方。

孔明钓山泉,倏然已两年;

不想惹红尘,去留一念间。

2012年冬于马桥农发宾馆

2022年3月与黄龙观村委书记章祖良(左)在村广场合影

怀念QQ群

整理QQ好友，1200余人，删去900余人，保留300余人。都是昵称，存在于虚拟世界，离我很近，也很远。

曾经有一段时间，最让我感动的是QQ好友群，发一篇文章、一组图片、一条说说，数百人观看，上千人点赞，几十条留言，都是最亲切最知心的语言。每当节日尤其是生日，总有许多人留言，总以为虚拟世界才是人情味儿最浓的世界。

现在已是风光不再，发一篇文章，几乎没有人看，无人再去我的QQ空间浏览。尽管都是虚拟世界的人物，语言却是真真切切的，不应该突然人间蒸发啊！

发在QQ空间的东西就只有一个作者、一个读者了。

QQ空间辉煌了20年，现在只有发文件时才会想起。

还有QQ农场、QQ牧场，一度多么火爆啊，人们半夜都在收菜，现在也无人问津，一律被打入了冷宫。

那些虚拟的温暖的人啊，怎么一下都不见了？

我好怀念！

/ 林泉小品 /

耄耋之年怎么办

  天气阴沉昏暗，四周毫无生气，突然感到压抑，伤感。

  想到一件事，有一天我与昌英都行动不了了，怎么办？

  依靠孩子们，这是自然的，但是，那会是一种什么情形呢？

  如果我先走了，昌英怎么办？

  如果昌英先走了，我怎么办？

  看了多少期央视的"今日说法"，尤其是一些老人晚年的惨状，儿女们与父母对簿公堂，不寒而栗！

  要思考这个问题，而且要及早作好安排，尤其是要在自己还能动，还不糊涂的时候安排好。

  最好的办法是去养老院度过晚年！

  但是，孩子们会支持吗？

  人都是要死的，我是无神论者，不惧怕死，但是，人生最后的那一段路，还是令人心悸！

2020 年 5 月宅居偶感

/ 第四辑　生命如花 /

日记就是我的人生

从1972年开始写日记，坚持50年，留下日记70多本，已有电子文本存档。2023年5月出版《一个文学赤子的人生轨迹——李修平日记》

日记，还记不记呢？记给谁看呢？

中国文人写诗写文，主要是表达、提纯、体验，使生存朝着更高的层面走，使生命朝着更强更丰富的方向发展。

陶渊明写诗给谁看呢？奇文共欣赏，疑义相与析。江西乡下的一群素心人，年复一年，乐此不疲。非功利才有艺术精品，如曹雪芹，写作使他更穷。支持曹公的，是不可遏止的生命冲动，审美冲动。

生命不息，在文化人心目中，每一天的太阳都是新的。

我的日记很翔实，合起来就是一部人生的长卷。

突然想把日记整理出版。50年，70本，500万字。

那些人，那些事，那些幸福，那些痛苦，那些瞬间与永恒，人世冷暖，荣辱升沉，都是故事。

当然不会是原版。原稿就捐给档案馆吧。留给社会。

一直以为幸福在远方，在可以追逐的未来。后来才发现，那些拥抱过的人、握过的手、唱过的歌、流过的泪、爱过的人，所谓的曾经，就是幸福。在无数的夜里，说过的话、打过的电话、看过的电影、跳过的舞……看见的或看不见的感动，背后的或者眼前的谎言，我都曾经有过，然后在时间的穿梭中，一切成了过往，永恒！

阅读日记，可知一个文学赤子的人生轨迹。

值得感谢的六种人

我这辈子经历了许多人，接触了许多人，认识了许多人。几十年过去，大浪淘沙，一些人活得比我好，有一些人越活越糟糕，一些人幸运地步步高升，一些人混进了班房，而还有一些人呢，就已经成了古人。活着的人，六根未净，欲望不会有止境，还会去争，只有进了棺材的人才是万念俱灰。

佛教讲缘，过去不懂得珍惜。我们和每一个人的相识应该都是缘。抛弃恩恩怨怨，起码以下几种人，无论如何应该珍惜。

一种是可以信任的朋友。鲁迅说，人生得一知己足矣，因为遇到知己真的不容易。

一种是贵人。能够被称为贵人的人，肯定是在你最窘迫的时候提携和帮助过你的人。每一个人的一生当中几乎都会遇到一个或者几个这样的贵人，滴水之恩，须当涌泉相报，要好好感激，因为贵人是我们人生的转折点，没有他们，也许就没有我们的今天，起码我们可能不是今天这个样子。

一种是曾经爱过或者曾经偷偷欢喜过的人。也许后来这种爱会改变，会产生怀疑，会不屑，但无论如何要感激，因为正是那种叫作初恋的东西，包括暗恋，才让我们懂得爱，才让我们懂得"生活是花，而爱则是花的蜜"。

一种是曾经恨过的人。恨一个人必定有恨的理由，但时过境迁，恨在我们的奋斗中逐步地化解，也许正是那个人才使我们更坚强。

一种是曾经背叛过自己的人。鄙视他，但不要仇视他，因为正是这种人才让我知道什么叫人情冷暖。

一种是在一起共事过的人。走到一起不容易，分手是正常的事。也许大家在一起时会有磕磕碰碰，但能在一口锅里吃几年饭，自然会有几丝割舍不断的情感。

一种是真爱的人和能够相伴一生的人。对前者，狭义的是指亲情。孝心无价，要趁父母有生之年报答他们的养育之恩，不要等他们百年归天后才想起，那时说什么都晚了。后者最要珍惜的是伴侣，要百分之百地感谢她爱你，因为现在我们都得到了幸福和真爱。携子之手，白头偕老，那是最完美的人生。

第五辑

浮生若梦

要放下

把一切看开，要放下。

嘴里说看开，其实并没有看开，文学圈总是有些不开心事，作家微信圈不是一片净土，宵小之辈常有，心中十分崇敬的人并不那么高尚，心生郁愤。其实还是没有看开，放不下。因为放不下，才会计较；因为计较，才会不开心。

事情还要做，但是要放下、放开，特别是要放手。

看透了得失相生、福祸相依，世间大小事于我不过开怀一笑。世界的浮华已经和你无关，你就成为了一个晶莹通透的人。如此渴望一生的精彩，到最后终于发现：最完美的人生结局，竟是内心的淡定和从容。

真正厉害的人，不被情绪左右；学会换位思考，别太把自己当回事，也别把别人的议论短长当回事。

一些别有用心人的做派总是让人啼笑皆非，嗤之以鼻。

做个乐观前行的人其实需要巨大的内心力量，以及独自品尝误解、污蔑、轻慢、敌视等诸种人生况味的淡然与超脱。

人真正的强大是内心的强大。

即便所有的人都背叛了你,也不要放下内心的骄傲。

即便所有的人都赞美你,也不要改变人性的谦和。

给自己一个方向,哪怕不能天荒地老。给自己一个信仰,何惧一路慌张。只要心有所向,万事皆无法阻挡。

淡然于心,从容于表,优雅自在地生活。

追求,就会有失望;活着,就会有烦恼。

不要把什么都看得那么重。人生最怕什么都想计较,却又什么都抓不牢。失去的风景,走散的人,等不来的渴望,全都住在缘分的尽头。何必太执着,该来的自然来,会走的留不住,放开执念,随缘是最好的生活。

学会放下,懂得从容。

2020 年 12 月于襄阳恒大名都

人生看开最崇高

人也许不能使自己伟大，但可以使自己崇高。

所谓的人生如梦，应该是一生都在梦中生活。如果一旦梦醒，世界与我们期望的不一样，还不如一直在梦中。人生苦短，稍不留意，几十年就从我们身边过去了。人生过得好，并不是要苦争那些非分的东西。平安才是最好。即使你拥有整个世界，还不是一日三餐吗？许多人总想上天堂，结果却进了地狱。人一生想要的生活其实非常简单，受用的诸如衣食住行玩乐其实也是很少的，要那么多干什么啊！

人在失意的时候，有三个地方是可以去体验一番的：病房、监狱和殡仪馆。自然的法则就这么严酷，帝王和乞丐虽然生命的过程不一样，结局都是一样的。

我曾多次去监狱视察。通过电子监控屏幕，我看到了我过去的上级，我的朋友。他们那种渴望自由的眼神令我感慨万分。他们现在的欲望已经很少很小了，只要给一点自由就满足了。人总是在走到生命的某个时段，才回首自己历史的对与错，才顿悟生活留给自己的时间和空间太有限。

人啊，早一点觉悟多好！

抚平心灵的创伤，我发现生活并没有亏待我们。能有今天，正是这个社会为我们提供了丰沃土壤啊！许多人总想追求像上流社会一样的生活，享受有钱有闲有权的富贵人生。只是，真能如愿的话，人生也未必幸福。所谓的富贵人生，其实是要从自己的内心开始。

我想起了有人对富贵人生的诠释：健康是最真的富贵，知足是最大的财富，信仰是最好的品德，包容是最美的情谊，勤奋是生命之本。

健康，知足，信仰，包容，勤奋，这些因素体现于生命的全过程。人生丰满了，这不就是富贵的人生吗？

2004年5月于襄城

从心所欲不逾矩

一直很欣赏"从心所欲不逾矩"这句话，也一直希望自己达到这样的状态。

说实话，孔夫子虽然与我们距离遥远，但他的很多思想实在是颠扑不破的真理。很奇怪，在那么早的时候，中国就有这么多异彩纷呈的思想。

孔子曰：三十而立，四十而不惑，五十而知天命，六十而耳顺，七十而从心所欲，不逾矩。

从心所欲而不逾矩，所谓的"矩"应该是什么呢？

应该是法律，应该是道德，应该是所有外在对人的束缚吧。

做人有底线，做官更要坚守规矩。真正完全的自由是不存在的，很经典的一个论断就是绝对的自由就是没有自由。

所以，孔子的状态其实正是在这样的现实下，人所能追求的最佳状态，因为有了矩，所以才能保障自由，如何在不逾矩的状态下获得最大限度的自由，就要看对世事的洞明，看对人情的练达了。

所以，不用采菊，不用避世，但愿我能从心所欲而不逾矩。

/ 林泉小品 /

在幼儿园门前的观感

每次去幼儿园接赟赟,开门之前,站在马路对面的台阶上,看黑压压的一片人,这里面有许多我熟悉的面孔。他们中有逢会都坐主席台的人,有科局级的领导,有普通的公务员,有我的部下,而现在我们都在这里相见,为了同一个任务:接送孙子。想想真是让人感慨。

这就是自然的法则,人生的规律。

我曾说过,人在想不开的时候,要去三个地方看一看,即牢房、病房、火葬场,一看还有什么放不下的呢?现在就是到这接送孩子的幼儿园门前看一看,也就想开了。

不管你的人生多么辉煌,最后都要回到最平凡的位置。

2015 年 10 月 9 日

面对大雪的悟与思

天降大雪，这是阴历年前的第一场大雪。

我回到了家中，回到了父母身边，回到了清凉之地。

回到纯净世界，我已超出物外。但是，明晨又将出征。俗务之绳，捆我身心。

水仙花开了。水仙被誉为凌波仙子，但我并不喜欢水仙，只感到她还可爱。我喜欢梅花。红梅今年没有花蕾，也就无花可开，养了一年不露芳容，真有点扫兴。蜡梅只开了一朵。

有人说我是从文从政双丰收，游刃有余。

其实，我心，有谁知！

我痛，有谁解！

不谈写作是一句空话，文章还是要写的，努力做到双向发展，不敢保证都有收获，顺其自然吧！

为文乎，为政乎？这一生，哪一条路才更适合我？

1998年12月于县委办

/ 林泉小品 /

勿为情动，免为情伤

——由贾宝玉所想到的

如花美眷，似水流年——想到《红楼梦》贾宝玉的爱情。

一个男人的爱，可以有许多层次，对林妹妹是深爱，对宝姐姐是恋情，对湘云是怜爱，对妙玉是珍惜，对可卿是情动，对晴雯是感怀，对袭人是依赖……

茶道里有个观念，叫作一得永得。得到了一次，便是得到了永久，从此后即便风烟万里，永不相见，只要我心中有笑颜婉转，便是另一种天长地久。因此，他是一个幸福的人，只要记忆还在，那些美丽的女孩子，就不曾离他而去，她们用一如既往的青春和柔情，陪他度过所有的苦境。

活着，便是经历着。曾经拥有，天长地久，都很美好。

《遵生八笺》中一个重要观点，男人应注意养精蓄锐，并作为养生至要。闫红作为女人，最懂男人，著《误读红楼》一书，她这样奉劝男人：红尘时有诱惑，有所为有所不为；坐怀不乱，不为情动，方为大丈夫。

此时相望不相闻，愿逐月华流照君。

爱君笔底有烟霞，腹有诗书气自华！

造化弄人，什么事情都可发生，什么奇迹都可以出现，苦苦追求的可能会适得其反，苦苦经营也许是弄巧成拙，无心插柳，峰回路转，一举成功，得来也许全不费工夫。

勿为情动，免为情伤——至理名言。

/ 林泉小品 /

由过往的朋友新想到的

　　一个人在宾馆看书看电视，不想动。在襄阳我有许多朋友可联系，都不愿联系。自己清静，自由自在，感觉最好。

　　为什么有这种心理，我无法说清。按说朋友越久没见越想见，但见了面又觉得并不像想的那么亲切。何况他们是不是想见我，也不一定。如今大家都浮躁，都在忙弄钱。朋友、文友的情分都淡了，过去的感觉永远找不回了。

　　还是忘却那些老朋友吧，至少要淡化。

　　于是突然有了灵感，要写一篇《人本平常》的文章。

　　文章不是说朋友与感情，而是说人无论优秀与否，最后都是平常人。世界多繁华，最后都会回到灯火阑珊处。

　　朋友各有空间，别指望你在想他的时候他就会想到你。生命的路越走越短，交往的朋友越走越少，走到最后，也许就是孑然一身。事实就是这样！

　　什么事情都指望朋友，是愚蠢的，也是不明智的。

亲戚都靠不住，朋友能靠得住吗？

两肋插刀的朋友可能有，那是在古代，可惜回不去了。

人过半百后起码要做好两件事：一是要把孩子培养好，让他们有作为；二是要有点积蓄，退休后不至于拮据，自然也还会有朋友。有点钱，有点闲，再有副好身体，未来就不会太糟糕。

所谓高山流水，那是神仙，凡人怎么可能遇到。

这么简单的道理，在什么情况下才最明白呢？人在倒霉时最明白，人在大病后最明白，人在退休后最明白，人在临终时最明白。

心简单，世界就简单，幸福才会生长；心自由，生活就自由，到哪里都快乐。

大丈夫何患无友！

> 天也空，地也空，人生渺渺在其中；
> 日也空，月也空，东升西落何为功；
> 朋也空，友也空，有谁陪你到寿终；
> 金也空，银也空，死后何曾在手中；
> 权也空，名也空，转眼荒郊土一垄！

2003年冬于襄阳南湖宾馆

/ 林泉小品 /

看世界杯，想人生

当西班牙球员相拥着抱着梦寐以求的大力神杯喜极而泣时，南非世界杯的帷幕已缓缓落下。

有人说，看足球就像看人生悲喜剧，也有人说，看足球就是娱乐自己。其实，承认也好，不承认也罢，足球带给人的视觉享受是其次，更多的是感悟其中。

足球场上，也好比人生竞技场。看德国队踢球，给人昂扬斗志。小伙子们的竞技状态振奋人心。绿茵场上德国小伙子们的拼搏、冲杀、配合，一群人如同一个人。西班牙队胜利后的狂舞与荷兰队失败后的黯然神伤，最终德国队的功亏一篑与阿根廷队的激越高昂；西班牙队的勇往直前与法国队的溃不成军；还有朝鲜队的信仰至上与日本队的务实进取。而奋力拼争的巴西、阿根廷，一是运气欠佳，二是配合不够，个人技术再好，终敌不过德国队的整体拼杀。马拉多纳的无奈让人感叹……所有场内场外的故事，让看球人感慨不已，这就是足球的魅力所在。

人生也是这样，充满着戏剧性，但总得生活下去。

告别世界杯，只是告别这一段赛事，并没有告别我们的生活。生活更精彩，我们就更需要下一届的世界杯。

只是，四年之后，我们能否看到一面鲜艳的五星红旗在世界绿茵场上飘扬？

2010 年 7 月 13 日于楼上书房

/ 林泉小品 /

慎心冲关

古人论修养，提倡慎初，慎独，慎行，慎渐，慎终等，其实最重要的是慎心。慎心，最重，也最难。

人一生要学会放弃。手莫伸，伸手必被捉。

比如金钱，够用就行，多了何用？就是不够用，也不能贪占。比如地位，谁都想当官，但不是想当就可以当的，顺其自然最好，努力工作，取得实绩，则是做人的本分。比如情色，美人关最难过，尤其婚外恋，这关一过，就是海阔天空。

睡到二三更时，凡功名都成幻境；
想到一百年后，无长幼俱为古人。

古人撰写的楹联，值得玩味。慎心冲关。

好好写文章，别的都放下

收到保康崔道斌先生发来的湖北省作家协会2021年新会员公示截图，他再次被刷下了。一年在市以上报刊发表60多篇作品，作为一名基层业余作者，怎么说也算是高产了，为啥进不了省级作家协会呢？他很有些失意，我也很不解。

安慰与解释都显得苍白，索性就什么也不说。想到自己加入中国作家协会的经历也颇具戏剧性，一次两次没有批准，还是要在自身上找原因，在作品上发力。

拿到盖有中国作家协会大印的会员证时，我对自己钟情文学几十年的成果作了一下梳理，作为一名业余作者我感到很欣慰、满足，但放到中国作家这个高度还是有些没底气。也要感谢那三次的申报失败，逼着我继续不停写作，不断又有新的成果产出，努力朝着真正的作家那个方向一直走。

不过，这个时候我的心态也发生了变化，对名利已看得很淡了。怎样看待江湖、是非、恩怨、荣辱、文人相轻、名利纷争，读过三段经典文案，也是千古绝唱，你就放下了。

    庐山烟雨浙江潮，未到千般恨不消。
    到得还来别无事，庐山烟雨浙江潮。

  这是苏轼留给我们的最后一首诗。诗人对庐山的风景和钱塘江潮慕名已久，似乎如果不能亲历庐山之境、目睹钱塘江潮，就辜负了此生，千般遗憾。可是当他登上庐山，饱览庐山烟雨，欣赏了钱塘江潮之后，反倒觉得客观的景物变得平淡无奇，烟雨、江潮也似有还无了。

  禅师青原惟信留下禅语，说人生有三重境界：

    看山是山，看水是水；
    看山不是山，看水不是水；
    看山还是山，看水还是水。

  第一重境界是指人对世界的初识，在这个阶段一切都是平面的，美好的。进入第二重境界阶段世界就是立体的了，社会关系、人际关系变得复杂了。山自然不再是单纯的山，水自然不再是单纯的水，人也不再是单纯的人。但有一种人通过修炼，把自己提升到了第三重境界。面对同样的山水，心归自然，茅塞顿开。人在经历了人情冷暖和荣辱沉浮之后便会专心致志做自己应该做的事情，不与旁人有任何计较。任你红尘滚滚，自有清风朗月。面对芜杂世俗之事，一笑了之。这个时候看山又是山，看水又是水了。可以以阔达的心态、豁达的胸怀泰然处世待人，人生在世，无非是让人笑笑，偶尔也笑笑别人，酒肉穿肠过。曾经沧海之后，再去看世情，无非是云淡风轻、日升日落而已。

苏轼的《观潮》应是化用，又匠心独运。

林则徐少年时有一句巧对，尚可做人生想。

> 海到无边天作岸，
> 山登绝顶我为峰。

身处大时代、大变局，我们要有这样的大视野、大格局、大襟怀，勇立高峰之巅，心无旁骛，不忘初心，不断突破超越，要有念兹在兹、心心相印的真挚情怀，把创作的事业进行到底。

想透，看透，不要因为一件偶然的事情就轻言放弃，不要因为一点儿不愉快就影响心情，不要因为一个小人的下三滥动作就心存怨恨，不要当不成作协会员就放弃写作。走自己的路，就这么走！

作家正道，好好写文章，用作品说话，别的都放下。

辛丑年腊八有感于襄阳恒大名都

/ 林泉小品 /

李修平散文集《人生路上》研讨会2019年8月25日在北京举办。左1为祝雪侠、左2李修平、左3张富英、左4石英、左5陈可非……

2022年4月16日至17日，抒写"红色黄堡，绿色乡村"笔会暨保康县作家协会工作会议在风景如画的黄堡镇举办

跟着太阳走

一年又这么过去了，多少欢喜多少愁，日记都有记录。这是写日记的好处，但是，从明天开始我不准备坚持了，没有为什么，只是不想写了。坚持了50年，可以告一段落了。日记不写了，人生还在路上，尽力让日子过得好一些，精彩一些。

铁凝说，生命若悠长端庄，本身就令人起敬；生命的生机和可喜，则不一定与其长度成为正比。我无法拉长生命的长度，但我可以拓展生命的宽度。愿苍天赐我力量！

孙女李孙高越的三位老师都躺下了，网课停了，她也是刚刚渡过这一关，就开始读书写作文。一天写了两篇，高兴地念给我听，写得还真不错。她说下一篇写《我的爷爷》。我说，我你就不要写了吧，写我你会很为难的，我在你心中缺点很多啊，平时你不总是说爷爷又懒又邋遢脾气还大嘛。

/ 林泉小品 /

2023年5月与孙女李孙高越留影于万山公园

她一笑,那都是反话,跟你学的,冷幽默,其实我很崇拜你的。看她装模作样的一脸严肃相,我突然有些感动。

我说,我把书画版《故宫日历》送给你吧,从明天开始,你把每天想说的话想记的事都记在上面,以后写作文就拿出来看看,就有素材了。她说，那你呢？我说，我用不上了，从明天开始，我不再写日记了。

她疑惑地看看我，那不行，你必须坚持，不然你会不习惯的，你的日记我以后都要看的。

出门的时候还回头大声说：记住啊，老李头！

今年一切本应该很顺的，因为突如其来的原因，我三部书的责编都躺下了，三部作品本来都要在今年出版，结果都还在出版社躺着，2022年的成果要在2023年收获了。但我仍然高兴，2022年有成果，2023年有期待，我永远都在路上——

感谢家人一路上的陪伴，感谢许多善意的点赞，感谢无数春风化雨的笑脸，留下很多欢乐，很多感动，很多美好记忆。

有一种缘，放手后成为风景；有一颗心，坚持中方显真诚。

赟赟说得对，还是坚持吧，哪怕看不到结果，哪怕说不出目的，只有坚持，踔厉不息，星光不问赶路人，人生才有意义。

夜已经很深了，我却毫无睡意。四周无比的清寂，只有冷风敲打着我的窗棂。望着窗外的夜空，脑海里闪现出我的作协团队，我的一个个文朋诗友，一张张亲如兄弟姐妹的笑脸。此时此刻。你们还好吗？

我忽然精神振奋起来，与一个团队、一群志同道合的人在一个奋发有为的平台上，携手，做有益的事情，这就是人一生中最大的快乐。夜，不再孤单，暗夜过去，旭日高照。

愿岁月静好，人间皆安；面朝大海，春暖花开！

2023年，跟着太阳走！

/林泉小品/

二〇二三年农历五月二十生日,与妻子高昌英留影于恒大名都小区花园

2023 年，最想做的事情

2023 年春节保康家中留影

一

辞掉一切虚职，真正做个自由自在的人。为社会贡献才智的渠道和机会多得是，完全没有必要绑架自己的人生，也不要把自己看得那么重要，我也没那么优秀，人世间少了谁，都如昙花一现。维护尊严，最好的方法就是退让。路漫漫终有归途。

这个世界上最好的放生就是放过自己，悟透。放下心中的执念，找一条更合适的路，走进心灵深处。

好好享受闲情，拈花微笑，坐看云起云落，鸟鸣无痕。

二

精读余秋雨的《老子通释》，重读几部二三十岁时让我流过泪感动得久久不能入眠的经典名著，如《青春之歌》《钢铁是怎样炼成的》《烈火金刚》《红岩》《第二次握手》《林海雪原》，再看一遍1987版电视连续剧《红楼梦》，找回青年时代奋发上进、理想蓬发的影子。

三

带上长孙女赟赟，携老伴做一次长途的旅行，去南方寻找心中的诗与远方；自驾游凤凰古城，领略20世纪30年代川湘边城小镇茶峒的风景，看沈从文、黄永玉笔底画中的古城风貌，带上相机，边走边拍，寄情自然，玩山，看水，赏花，读史。

从家门口坐高铁，去上海度假，陪外孙小芝麻下围棋。

2023年2月18日第18届中国梅花蜡梅展览会与高昌英留影于浙江湖州长兴东方梅园

四

去老家白沙河梅香泉小住，选择在麦黄柳绿的时节或是硕果累累的秋收望月，提筐荷锄，去山坡上挖野菜，摘山果，菜根煮粥，请几位儿时的玩伴喝他们自己煮的苞谷酒，划拳。

夜晚，点一支蜡烛，写诗，看古本说岳传。

去父母的坟前哭一场。体会父母在的味道。

好好锻炼腿劲，重走一回儿时的崎岖山路。爬一回山，爬到祖父祖母安息的山顶墒里，给祖父祖母上坟，奠酒。

半山深处有人家，依山傍水远繁华。

无为不做俗尘事，轻煮岁月慢煮茶。

五

关掉手机,不再关注红尘俗事,诸如微信、QQ、网络等全都远离,体验隐居、放下、舍弃的感觉,让自己相信,名与利、荣与辱、是与非,一切都是浮云。

人世间的恩怨不过是自寻烦恼。

六

寻找旧时的在自己荣达后不再往来的玩伴,尤其是为自己解囊相助过、仗义执言过、两肋插刀过、打抱不平过的过命朋友,再放纵一回,无拘无束地高歌,狂饮,阔论,重温年轻时的纯真,浪漫,豪气,让心归本真。

岁月匆匆,回头看,一些人,一些事,一些人性的纯真、质朴,值得我们去挽回、追忆、珍惜、承传。

七

守候一片星空,去一个纯净的地方,数星星,看月亮。

八

重走恋爱时走过的那条弯弯山路。抚摸那条曾经繁华的山垭,找回温馨。记住,给我爱情的地方就是我的第二故乡。

让爱永远闪亮,不朽。牢记家的全部幸福都是从那条路一步一步走过来的。珍惜两人世界,好好享受人间烟火。

从白沙河到神农架南垭村的秦蔡垭

九

与两位深爱的小棉袄去原野再闹一次、笑一次,让她们依偎在我的左膀右臂,再当一回马骑,向她们讲述小时候的故事,引导她们回忆小时候的童言稚语、天真佳趣,帮她们找回最美好的记忆,诗酒乘年华,激发她们的热情和斗志。

十

为乡村振兴写一部书，找回发表第一篇小说的感觉，不忘初心。读一读尘封已久的那些从我心灵流淌出的稚嫩文字。

写了那么多文章，发表的第一篇作品让我刻骨铭心。

这一生，我做过许多事，以多种方式与这个世界相处，但我最基本的方式，还是以文学与这个世界相处。

十一

举办长篇小说《隐峰》分享会。邀三五好友，青梅煮酒，苦菊泡茶，话《林泉小品》，品世态炎凉、人情冷暖。

十二

整理一部旧时相册，为每一幅照片配诗。

十三

拜访一次我的恩师。

教我的老师在世的已经很少了，如同父母，喊一声妈妈，有人应时，没觉得多幸福；喊妈妈无人应时，才知道有妈妈是多么奢侈的事情。

找机会感谢我人生中出现的贵人,对那些对我有恩的人,即使没有机会去报答,也要铭记心中。因为他们,让我跨过了人生的许多坎儿,才有了坐在电脑前回忆人生功过的可能,有了今天,让我活得这么好。

十四

对平生做一次慎思,化解心中的一切怨尤。

体谅所有的人以及那深不可测的人心,善待世间万物。

第28个世界读书日襄阳恒大名都小学"我与作家面对面"活动留影。出席作家九夕(前排左1)、李修平(后排中)、香袭书卷(前排右1)、柳岗(后排左2)、刘汉青(后排右2),校长郭治国(后排右1)、副校长周海荣(后排左1),前排左2为李孙高越及3位朗读者

/ 林泉小品 /

走过了那么长的路,我经历的应该是很多了,过去的冲动妄念不过如此,庐山烟雨浙江潮,看山还是山,看水还是水,如此而已。我不过是一个凡人,今后的路上,朋友一定会越来越少,欲望也会越来越少。我想说,从今天起,让自己云淡风轻地活着,做个最真实的自己,逍遥自在!